SUZUKI
SUZUKI

あぶない刑事
1990

柏原寛司

KODANSHA

本作品は映画『もっともあぶない刑事』と
『あぶない刑事リターンズ』の中間にあたる、
ドラマでは描かれなかった近藤課長の定年間近の物語です。
現在ほど洗練されていなかった頃の横浜を思い浮かべながら、
『あぶない刑事』アナザーストーリーをお楽しみください。

1

街と女は姿を変えて生きていく。

横浜もそうだ。数年前から始まった高島町から港に向かう一帯の再開発工事が進み、完成後には〝みなとみらい21〟という名の今風の美女に生まれ変わるらしい。

女はカメレオンのように変化して生き残るが男はそうはいかない。

一九九〇年五月末の横浜は、梅雨を前にして妙に蒸し暑い――。

「日本は銃社会じゃない、って言うけど、そう思うか？」

咥《くわ》え煙草で運転していた大下《おおした》勇《ゆう》次《じ》が言った。

「数十万人いる警察官は銃を一丁は持っている。俺は二丁だけどな」

助手席の鷹《たか》山《やま》敏《とし》樹《き》も咥え煙草だ。

「自衛隊だって持ってる」

「散弾銃やライフルの許可を持ってる奴も結構いる」

「米軍基地にいる連中が遊ぶ金欲しさに銃を売ったりもするしな」

「イカれたガンマニアは改造銃を作ったりする」
「それに暴力団のみなさんか」
「ひとり二丁の時代になってるらしい」
「タカと一緒じゃないか」
「サブマシンガンやロケットランチャーまでは持ってない」
「結局は日本も銃社会ってことか」
「だから俺たちの出番があるんだ」

　パトライトを光らせて走る覆面パトカーの前方を行く一般車が次々に左に避《よ》け、前方に真新しい巨大観覧車が見えてきた。

　陽が落ちたいまの時間になると、艶《あで》やかなライトで着飾った巨大観覧車がさらに目立って見える。

　再開発地区の工事現場の作業員が男の死体を発見し、港署に連絡してきたのがいまから三十分前の午後六時四十五分。帰宅しようとしていた捜査課の刑事たちと鑑識が周章《あわ》てて現場に到着したのが通報から十五分後。で、鷹山と大下がなぜ遅れているかというと、じつは少年課の真山薫《まやまかおる》と会っていたからである。

と、いうのも、捜査課の近藤卓造《こんどうたくぞう》課長があと七日で定年退職を迎えるので、その送別会の打ち合わせをしていたのである。幹事を引き受けた、というより、しゃしゃり出て勝手に幹事になってしまった薫がやたら張り切っていて、何かにつけて鷹山と大下を呼びだすのだ。

近藤課長は現場一筋に四十年勤めてあげてきた叩きあげである。神奈川県警管内で犯罪検挙率一位、銃の発砲回数一位、始末書の枚数一位という、犯罪者にもっとも恐れられ、他の所轄からは白い目で見られている港署捜査課を作りあげたのが、近藤卓造その人なのである。

鷹山と大下がいままで馬鹿を――いや、活躍してこられたのも、近藤課長が県警本部を抑え、カーチェイスや銃撃で市民に与えた被害の賠償金を、高い検挙率を担保に特別会計から出費させていたからなのである。

「近藤課長がいたから、あんたたちは大きい顔が出来てたのよ。判ってる？」

「判ってるって。で、どこ押さえたんだよ、送別会の会場」

毎度のことだが、無駄話の多い薫に大下は苛《いら》ついていた。

「いいの、薫ちゃんに任せて」

と、笑いながら、この店で一番高いニューヨーク・ステーキをパクついている。

「それがヤバいんだ」

「会費は一万」

「高いな」

「記念品込みなんだから」

「それでも高いだろ」

「あんたたちはさ、人一倍課長にお世話になってるんでしょ。近藤課長じゃなけりゃとっくにクビよ、クビ。会費十万でも安いわ」

「判ったからさ、記念品は何にするんだ？」

呆《あき》れて聞いていた鷹山も口を挟んだ。

結局、何も決まってないって訳だ。

「それも任せて」

「あと七日しかないんだぞ」

「それより会費ちょうだい、会費」

しかたなく鷹山と大下が一万ずつ薫に渡したとき、アメリカのダイナーにいそうなビッチなウェイトレスが来て、

「お電話」

と、鷹山をカウンターに促《うなが》した。

「薫さんにかまってないで現場に行ってください。殺人事件です」

捜査課の事務を一手に引き受けている山《やま》路《じ》瞳《ひとみ》からの電話で、鷹山と大下はみなとみらい地区の現場に向かったという訳である。

店を出るとき、薫の飲み食いの勘定まで鷹山と大下が払わされたのは言うまでもない。結局は薫の飲み食い代を支払わされるために呼びだされたのだ。


「遅いんだよ、先輩たちは」

鷹山と大下の覆面パトカーが現場に到着したのを見て町《まち》田《だ》透《とおる》が溜息をついた。

「薫さんより現場を優先してくださいよ」

車を降りてきた鷹山と大下を促し、町田が殺害現場に向かった。

「銃持ってる犯人より薫のほうが恐い」

大下が手袋をはめながらぼやいた。

「そりゃそうですね」

射殺された男、横幕《よこまく》誠二《せいじ》の遺体は工事中のビルの資材置き場に放置されていた。

鑑識の安田《やすだ》一郎《いちろう》が鷹山と大下を見て何か言った途端に、凄《すさ》まじい轟音《ごうおん》とともに高層ビルの工事が再開された。夜間も工事をしなければ間に合わないらしい。

「えっ、もう一度言ってくれる？」

大下勇次が安田に顔を近づけた。

数ヵ所で行われている高層ビルの工事の騒音が凄まじいのだ。

「腹部に一発喰らってるから、失血死だと思うよ」

安田が声のボリュームを上げて言った。

「ちゃんと調べてみなきゃ判んないけどさ」

横幕は五十代ほどに見え、着ている背広もなかなかいいものである。普通の会社員とは思えない。かなりの高給取りだろう。

「弁護士ですよ、吉井さん」

吉《よし》田《だ》春《はる》彦《ひこ》刑事が言った。

吉《よし》井《い》浩《こう》一《いち》刑事が来て透明のポリ袋に入れた横幕の名刺を鷹山と大下に示した。

個人の弁護士事務所で、オフィスの住所は山下町の雑居ビルであった。

「連絡したの、パパ」

吉井はみんなからパパと呼ばれている。

「電話してるんだが、誰も出ない。ひとりでやってるんだろう」

「弁護士ってことは、怨恨ですね」

したり顔で言う町田を無視して、鷹山と大下は横幕の遺体のほうに向かった。

殺人の動機なんてものは大きく分けて三種類しかない。怨恨、金目当て、そして動機不明である。殺し屋は金目当てに入るし、薬物や精神疾患による犯行なら動機不明に分類できる。

「進歩がないな、トオルも」

「ま、そこが可愛いところだ」

「オトナだな、タカは」

「トオルよりはな」

鷹山と大下はもう一度、横幕の遺体を凝視した。

腹部を一発撃たれているが、周囲には争った跡はない。二つの靴跡から見て、追われてきた横幕がここで追跡者に銃撃され、撃った奴はそのまま立ち去ったということだろう。

「ド素人の犯行だな」

田中《たなか》文男《ふみお》刑事、通称ナカさんが吉井に言った。

「プロの犯罪者なら止《とど》めを刺していくだろ。一発撃ってそのまま逃げてった訳だからな」

横幕から少し離れて周囲を広範囲に見た鷹山が、

「ユージ」

と、大下を呼んで、遺体から少し離れた資材の間に落ちていた携帯電話を示した。

去年、モトローラ社から発売された通称マイクロタックという携帯電話で、それまでの肩から下げるショルダーホンとは違い、小型の無線機のような大きさなので、人気が出た機種である。ただ、買い取りではなくレンタルで、高額な契約金や月々のレンタル料、そして通話料金もばかにならず、一部の人間しか持つことが出来ない代物《しろもの》だ。

「先輩！」

町田が二人の覆面パトカーの横で怒鳴っている。

「近藤課長から無線入ってます！」

鷹山と大下は小走りに覆面パトカーに向かい、鷹山が町田から無線のマイクを受け取った。

「鷹山です」

「すぐ署に戻れ」

無線からの近藤課長の声でことの重大さが判る。

大下がすぐさま覆面パトカーに乗り込んでエンジンをかけ、鷹山は「判りました」と無線に返して、助手席に飛び乗った。

「ボクたちは行かなくていいんですかね？」

と、町田が言い終わる前に二人の覆面パトカーは急発進していった。

山下公園通りを本牧方向に走り、埠頭《ふとう》に入ったところに港署がある。

まもなく築三十年になる建物で、何回か改築はしているものの、パソコンが普及してからの急速なテクノロジーの進歩にはついていけずにいる。海岸通りにある県警本部が現在建築中で、来年完成すれば地上二十階、地下三階の近代的な建物になることから、港署も建て替え、または移転の話が出てきている。

港側の壁の雨漏りが酷《ひど》く、昨日から防水工事と塗装工事に入ったばかりであった。

「海老沢錠《えびさわじょう》が横浜に現れた可能性がある」

単刀直入に近藤卓造が鷹山と大下に言った。

「冗談でしょ……」

大下は信じられないといった表情で近藤に聞き返した。

「生きてたのか、やっぱり……」

鷹山の顔もさすがに強張《こわば》っている。

「水上警察署からの報告だ。間違いないだろう」

三日前に巨大観光船『ゴールデンクイーン号』が香港から大さん橋に入港した。そして昨日、ホノルルに向けて出航したのだが、観光とショッピングで横浜に上陸した乗客のうち、三人の中国人が船に戻らなかったのである。まあ、これは巨大観光船にはつきもののことで、日本に密入国する一番安全なルートでもあるのだ。

出航前に水上警察が行方不明になった三人が残した荷物などを調べたところ、そのひとりの持ち物から海老沢錠の指紋が検出されたというのだ。つまり、海老沢錠は中国人に成り済まして横浜に上陸したと考えられる。

「死んだと思っていたのに」

少年課の松村《まつむら》優《ゆう》子《こ》課長が口を挟んできた。

港署の一階は広いワンフロアにパーティションはなく交通課、少年課、捜査課が配置されているので、よく言えば隠し事なく、悪く言えばすべて筒抜けなのである。

五年前、横浜で五人が殺害される連続殺人事件があった。

殺されたのは横浜市の市議会議員、中華街にある貿易会社の社長、川崎市を縄張りにする暴力団幹部、そして横浜最大の暴力団である銀星会のナンバー2の男と警察官が一名である。市議会議員と貿易会社の社長が中国ルートの覚醒剤を密輸し、それを銀星会に流していた。そこに目をつけた川崎の暴力団が、銀星会より高額で買い取る契約をしてしまったのである。

激怒した銀星会が海老沢を雇い、市議会議員と社長、そして川崎の暴力団幹部を殺害させた。

だが、銀星会も間違いを犯したのである。

海老沢への報酬を値切ろうとしたのだ。

海老沢はプロの殺し屋で、裏の世界では名が通っている。はっきりとした人数は判らないが、噂では殺した人間はそうとうな数になるらしい。

鷹山と大下も何度か逮捕するチャンスがあったが、すべて逃げられている。五年前のあの事件が、海老沢を逮捕する最大のチャンスだったのである。

「五百万足りない」

ショルダーバッグの中の札束を確認した海老沢が銀星会の成島《なるしま》を鋭く見た。

「いいじゃねえか。また仕事を振ってやる」

黄金町の立体駐車場から見えるイセザキ・モールの店の灯が、次々と消えていった。

「長いつき合いをしようぜ、な、海老沢」

海老沢の殺気を感じた成島が鋭く見た。

「ここでチャカ使ってみろ。すぐお巡りが飛んでくるぞ」

答えない海老沢を睨《にら》みつけたまま、成島は駐《と》めておいたメルセデスの新車に乗り込んだ。乗り込んだ瞬間、成島は安堵の吐息をついた。強気に出てはいたものの、いつ海老沢がキレるか、じつはビビっていたのである。

が、次の瞬間、前方を見た成島の顔が凍りついた。

成島の車と向かい合うようにランドクルーザーが駐まっていたのだ。その運転席で海老沢が無表情で成島を見つめていたからである。

成島が慌ててエンジンをかけたとき、激しい衝撃に車が後方に押しつけられた。それと同時に、リアタイアがストッパーのブロックを乗り越える振動と壁が軋《きし》む鈍い音に成島は震え上がった。

海老沢のランドクルーザーが成島の車を駐車場の壁に押しつけている。壁に亀裂が走り、車の後部が宙に浮き、命乞いをする成島の顔が見えた。

海老沢は相変わらず無表情でギアを四輪駆動のローに切り換え、さらにアクセルを踏み込んだ。

黄金町の派出所の警官が二人、自転車を走らせて駐車場の前にやってきていた。県警からの

横浜33
の45-05

連絡で海老沢のランドクルーザーが黄金《こがね》町駅方面に向かったと聞き、パトロールにやってきたのだ。

ひとりの警官が頭上からコンクリート片が落ちてきたのに気づいて見上げたとき、成島の車が半分ほど壁から空中にはみだしていたのである。


「黄金町パーキングですか？」

国道十六号を疾走する覆面パトカーの無線に鷹山が言った。

「そうだ」

近藤課長はつづけた。

「巡査からの緊急連絡だ。最上階から車が落ちそうになっている」

「海老沢ですか！」

大下がステアリングを切りながら尋ねた。

「それは判らん」

「落ちそうな車は白のメルセデスじゃないですか？」

鷹山が近藤に言った。

「そうだ。新車らしい」

「了解です！」

鷹山は無線を切って大下に言った。

「銀星会の成島の車だ」

「じゃ、落とそうとしてるのが海老沢か！」

「ビンゴ！」

「一分で行く」

大下がアクセルを踏み込んだ。

覆面パトカーは中郵便局前の交差点にノーブレーキで突っ込み、右折したので、対向車が急ブレーキで横滑りした。

大下が見事なステアリング捌《さば》きで対向車を躱《かわ》し、黄金町方向に疾走した。

この交差点を曲がればあとは直線だ。

パトライトを回し、サイレンを響かせて疾走する覆面パトカーに、周囲の車やクリスマスパーティで酔っぱらった通行人たちが慌てて逃げ、道を空けた。

前方に野次馬が集まっているパーキングの入り口が見えた。ひとりの警官が野次馬をどかし、もうひとりが駐車場に駆け込んでいく。

「五十五秒」

時計を見た鷹山が言った。

さらに大下がアクセルを踏み込もうとしたそのとき、立体駐車場の最上階から新車のメルセデス・ベンツＳクラス３００ＳＥがまるでスローモーションのように落下したのだ。

野次馬たちが悲鳴をあげて逃げ、鷹山と大下の覆面パトカーが急ブレーキでパーキングの前で停まった。

鷹山の腕時計の秒針がジャスト一分を指した瞬間、成島のベンツがフロントから路上に激突し、大破した車体からガソリンが流れだした。

「車から離れろ!!」

運転席に向かおうとした警官に鷹山が怒鳴った。

運転席の成島は膨らんだエアバッグと潰《つぶ》れたルーフに挟まれて動かない。白いエアバッグが血で赤く染まり、成島が絶命していることが窺《うかが》える。

警官が慌てて車を離れた直後、電気系統がショートし、それがガソリンに引火してベンツは炎に包まれた。

そのとき、パーキングの上階で車の急ブレーキの音と銃声が響いたのだ。

「ユージ！」

「クソッ！」

大下は駐車場のバーを突き破って覆面パトカーを中のスロープに走らせた。

鷹山はショルダーホルスターからリボルバーを引き抜く。

さらにもう一発、銃声が聞こえた。

大下も左手でステアリングを切りながら銃を引き抜いた。

と、前方からランドクルーザーが飛びだしてきたのである。一瞬だが運転席の海老沢と鷹山、大下の目が合い、海老沢が笑ったように見えた。

一センチもなくランドクルーザーを躱した大下が急停車し、鷹山が助手席を飛びだす。前方で警察官が銃を握って倒れているのを見たからである。鷹山が警官に駆け寄っている間に大下は覆面パトカーを切り返して海老沢を追える態勢を取った。

鷹山が駆けてきて覆面パトカーの助手席に飛び乗った。

「心臓を一発だ」

「海老沢の野郎！」

大下は覆面パトカーを急発進させた。

スピードなら海老沢のランドクルーザーより、鷹山と大下が乗っている覆面パトカーのレパードのほうが優れている。

大下は巧みに覆面パトカーを操り、国道十六号から比較的交通量の少ない日本大通りへと海老沢の車を追い込んだ。

「ＯＫ、上出来だ」

鷹山は助手席の窓から上半身を乗りだして銃を構え、ランクルのリアタイヤに向けてトリガーを絞った。

弾丸はリアタイヤを打ち抜き、バランスを失った海老沢の車が激しくバーストして歩道のイチョウに激突して横転した。

大下が覆面パトカーを急停車させ、鷹山とともに飛びだす。横転したランクルから這《は》いだした海老沢が鷹山と大下に向けてリボルバーのハンドガンで続けざまに数発撃ち、駆けだした。それを追って鷹山と大下が駆ける。

日本大通りは横浜公園から開港資料館を繋ぐ道路で、その先は埠頭まで公園になっている。海老沢はそこに駆け込んだ。

埠頭には観光クルーズ船用の艀《はしけ》がある。夜の横浜港クリスマスクルーズが終わったところで、船員が片づけに入っていた。海老沢はその観光船に飛び乗ったのである。

「まずいぞ、タカ！」

駆けながら大下が言った。

鷹山と大下が港の公園に駆け込んだときには観光船は艀を離れていた。

後部デッキに出てきた海老沢が鷹山と大下を見て不敵に笑った。もう艀から三十メートルは離れており、鷹山の銃の射程距離を超えているからだ。

鷹山の顔に怒りが走り、銃を構えた。

「タカ、無理だ」

「まだイケるさ」

鷹山はスチールの柵に両手で握った銃を置いて固定した。

「風も強いしさ。距離があれば影響されるぞ。狙ってもちょっとズレたり」

海風が強く、鷹山と大下の髪の毛を揺らしている。

「チャンスは必ずある。女を口説くときも、銃を撃つときもな」

鷹山の銃のフロントサイトは海老沢の頭に定められている。が、そのターゲットが徐々に小さくなっていく。

鷹山は一瞬考え、フロントサイトを海老沢の躰《からだ》の中心に移した。

そのとき、海風が止まったのである。

「タカ！」

大下が叫んだのと鷹山がトリガーを絞ったのは同時であった。

後部デッキの海老沢の躰が着弾の勢いに弾《はじ》かれ、信じられないといった顔で鷹山を見た。被弾した腹部を押さえたまま海に落ち、やがてその姿を消したのである。

「あの夜、明け方まで港を張っていたのにね」

松村が鷹山と大下を慰めるように言って、少年課に戻っていった。

「どうやって生き延びたか、海老沢に聞くしかないな」

大下が問わず語りに言った。

「海老沢が横浜に現れたってことは、また仕事をするってことだろう」

近藤が厳しい表情で鷹山と大下に言った。

「奴に仕事をさせるな」

2

本牧に米軍住宅があった頃、その辺りはアメリカかと思えるようなレストランやバーが軒を連ねていた。八年前に米軍住宅の敷地が返還され、映画館とショッピングモールに変わってから、本牧は不良のものからファミリーのものになった。

それでもまだ昔の本牧を思い起こすようなバーは数軒残っている。

その中の一軒が『ＬＥＳ』というバーであった。若者たちが屯《たむろ》する『アロハ・カフェ』や大人の雰囲気の『リキシャ・ルーム』とは違い、一般の客を拒絶する雰囲気のある店である。『ＬＥＳ』とはローワー・イースト・サイドの略で、六〇～七〇年代の治安の悪いニューヨークを象徴している地域のことだ。

紫煙が充満した店内に鷹山と大下が入ると、中にいた数人の客たちの視線が一斉に二人に向けられた。勿論《もちろん》、好意的な視線ではない。

縦長の店の奥にカウンターがある。鷹山と大下はそのスツールに腰を下ろした。

「間違えて入ったんだろ」

咥え煙草の男が鷹山と大下にガンをつけながら近づいてきた。

「さっさと消えろ」

大下がその男の咥えている煙草を取り、臭いを嗅《か》いだ。

マリファナの紙巻き煙草である。

「今日は見逃してやる。おまえが消えろ」

警察手帳を取りだし、男の目の前に示した。

手帳を見た男は周章てて仲間とともに店を出ようとした。

「飲み逃げか？」

大下の声に男はテーブルに万札を数枚投げつけて、店を出ていった。

「何だ。あんたらか」

ズボンのチャックを上げながらトイレから出てきたマスターの赤松豊《あかまつゆたか》が舌打ちをして、カウンターの中に入った。

「聞きたいことがある」

と言った鷹山に、赤松が被《かぶ》せるように言った。

「そこに座ったら注文しろよ」

「飲み逃げしようとした奴に金払わせて、売り上げに貢献したとこだけどな」

大下がテーブルの上の万札を指さした。

「それとこれとは別。何にするんだ？」

「アイスミルク。ガムなしだ」

鷹山が言った。

「同じく」

大下が続いた。

「面倒なモン注文して悪いな、赤松」

冷蔵庫から取りだした牛乳のパックをグラスに注ぎながら、赤松が笑った。

「何を聞きたいんだ？」

アイスミルクのグラスを二人の前に置いた。

「海老沢が生きていた」

鷹山の言葉に赤松の顔から表情が消えた。

「初耳か」

「……初耳だ」

赤松は煙草を取りだして口に咥え、店のマッチで火をつけようとしたが、手が震えてマッチが擦《す》れない。

大下がライターの火を差しだした。

「五年前、海老沢のネタを流してくれたのはおまえだからな」

咥えた赤松の煙草も小刻みに震えている。大下がその煙草を押さえ、ライターで火をつけた。

一服吸って、赤松は少し落ち着いたように見えた。

「あいつが戻ってきたってことは、またヤマを踏むってことか……」

「そうなる前にパクりたい」

赤松が鷹山を見た。

「調べてくれ」

赤松は小さく首を振った。

「勘弁してくれよ……おまえらにネタ売ったってバレたらこっちが危ねえ」

「高いミルク飲んでるんだぞ、俺たちは」

大下が促すように言った。

「海老沢はもとは関西のヤクザだ。組長の女とデキちまって、殺されそうになったのを逆にあいつが組長を殺して、関東に逃げてきた」

「そんなことは判ってるさ」

大下が赤松の話を遮《さえぎ》った。

組長の死は事故死ということでことを治め、若頭が組長となって跡目を継いだ。跡目を狙っていた若頭が海老沢の一件を利用して組を乗っ取ったという訳だ。当然ながら海老沢を生かしておいてはまずいので、刺客を送ったがことごとく殺され、海老沢の名前が裏世界に知れることとなった。こうして海老沢はプロの殺し屋になったのだ。

関東に来た海老沢が横浜を中心にして仕事をしていたのは、ハマに女がいたからなのである。その女は馬車道のクラブでホステスをしていたが、五年前の事件があってから、ハマから姿を消していた。

「マキは横須賀《スカ》にいるらしい」

呟《つぶや》くように赤松が言った。

「それ以上のことは知らねえ」

その女性の名前は武藤《むとう》真紀《まき》という。

「いくらだ」

これ以上は聞き出せないと悟った鷹山が、マネークリップに挟んだ万札を取りだして聞いた。

「二人で千円でいい。とっとと消えてくれ」

「純喫茶か」

大下が笑った。

鷹山が万札を一枚カウンターに置き、

「また来る」

と言って、大下とともに店を出た。

「女は明日にしよう」

店から覆面パトカーに向かいながら大下が言った。

「今日は遅いし、女相手じゃ体力がいるからな」

「判ってきたじゃないか、ユージ」

「いままで言わなかっただけだって」

二人は笑って覆面パトカーに乗り込み、走り去っていった。

覆面パトカーが走り去るのと同時に、道の反対側に停まっていた黒のフォード・ブロンコからひとりの男が降り立った。

背中の締まり具合とアロハシャツから出ている腕の屈強さが、ただ者ではないことを物語っている。

男の背がゆっくりと『ＬＥＳ』に向かっていく。店のドアが開き、客の男たちが不満そうな顔で出てきて去っていった。赤松が中からドアをロックする音が聞こえた。

店の前に立った男の拳がドアをノックした。

「今日はもう閉めたんだ。帰ってくれ」

中から赤松の声が聞こえた。

男の拳がまたドアを叩いた。

店内の赤松は深い溜息をついてドアを見た。

鷹山たちから聞いた海老沢の一件で、心臓の動悸《どうき》がおさまらないのである。とても客の相手をする心境ではないので、店を閉めたのだ。一瞬だが、この店を手放してハマを出ようと思ったほどだ。

なにしろ命あっての物種《ものだね》だ。

「うるせえな、ったく……」

低く呟いて赤松はドアに向かった。

赤松がオーナーになる前まで、この店はベースの若い米兵の溜まり場になっていて、マリファナやハッシッシ、コカインの植物系から、ＬＳＤのケミカル系までやり放題だったのである。なので、ドアには内側から客を確認出来る小窓がついていた。ノックされるとその小窓から客を確認し、ドアを開けるのだ。

その小窓がいまでもついている。

小窓の板をずらして外のノックの主を見た瞬間、赤松の顔が凍りついた。

海老沢錠が小窓の向こうから赤松を見つめていたからである。

3

「殺害されたのは横幕誠二、五十三歳。弁護士です」

朝の港署捜査課は近藤課長への捜査報告からはじまる。

「山下町に個人事務所を構えています。家族ナシです」

吉井がそつなく報告していく。

「専門は？」

近藤が吉井に尋ねた。

「民事ですね。遺産相続が多かったようです」

吉井が答えた。

「遺産相続はトラブルも多いから、それで恨まれていたんでしょう」

暑がりの田中が扇子を使いながら、したり顔で言った。

「腹部から摘出された弾丸は三十八口径でした。ライフルマークからは拳銃にマエはありません」

吉井が続けた。

「一発撃って逃げているんで、ホシはチンピラでしょう。遺産相続が絡むと殺し合いになることはよくあるんで」

田中がまた話の腰を折った。

自分の席で聞いていた大下が、

「腹部の動脈を撃ち抜かれて失血死したんだよね」

と、口を挟んだ。

「動脈を狙ったとしたら、かなりの腕でしょ」

「いやあ、どうかな。素人だと思うな」

田中は自説にこだわっているようだ。

鷹山は近藤の様子が気になっていた。

近藤は鑑識の安田からあがってきた報告書を見ながら、刑事たちの報告を聞いているのだが、横幕の写真を見つめる顔が妙に真剣なのである。

「財布と現金が残っていたんで、物盗りではないだろう」

報告書を置いた近藤が言った。

「怨恨の線で横幕の交友関係と仕事関係、それに現場を中心に聞き込み」

「よし、行こう」

吉井が鷹山と大下を促した。

「俺たちは別件があるんだよ、パパ」

「そうか、海老沢だったな」

鷹山の言葉に吉井は思いだしたように言った。

近藤がデスクを離れて少年課に向かい、

「松村課長。ちょっと兵隊貸してもらえませんか」

「いいですよ」

二つ返事で松村はそれに応じた。

「鈴江《すずえ》君と薫君、捜査課を手伝って」

少年課には課長の松村優子のほか、鈴江秀夫《ひでお》、愛川史郎《あいかわしろう》の両刑事、そして真山薫がいる。

中学、高校生の犯罪が増えるのは夏休みが始まってからで、五月後半のいまは少年課はさほど忙しくはないのである。

「勿論です！」

本当は捜査課に行きたい鈴江は大喜びで立ちあがったが、薫は、

「すみませ〜ん、課長。いま忙しいもので辞退しま〜す」

と言って、デスクで緑茶をすすっていた。

「何が忙しいのよ、薫クン」

「近藤課長の送別会の幹事やってるんで」

と、わざとらしく壁に掛けてある十二ヵ月表示のカレンダーの五月三十一日に、マジックペンで×印をつけた。

近藤が退職する六月六日に○印がつけられている。

「真山君、すまんな」

近藤が薫に声をかけた。

「何を仰《おっしゃ》いますか。近藤課長のためなら、真山薫、命懸けで仕切らせていただきます」

「……オーバーな奴」

松村がぼやいてデスクに戻った。

「自分が行きますよ」

愛川が松村にそう言って捜査課に向かった。

「いいなあ、横須賀」

町田が小声で鷹山に言った。

「おまえも海老沢と撃ち合いたいんなら連れてってやる」

「撃ち合いはしたくないですけど、どぶ板のワッペン屋に行きたいんですよ」

「何で？」

大下が口を挟んだ。

「いまつき合ってるコレがですね」と、町田が小指を示し、「『トップガン』のトム・クルーズにハマってて、あなたもトムくらい恰好よければいいのに、って言うんですよ」。

『トップガン』は四年前に公開された映画だが、町田の彼女はレンタルビデオで最近観て、トム・クルーズ演じるマーヴェリックにハマったらしい。

「だからトムみたいにジャンパーにワッペン貼りまくればなんとかなるかと思って……あら？」

鷹山と大下はコーヒーメーカーのほうに移動していた。

「何してんだ、行くぞ」

吉井に促されてしかたなく町田は捜査課を出ていった。

「また振られるな」

コーヒーを飲みながら町田を見送った大下が鷹山に言った。

「いいんじゃないか、振られるのが趣味なんだから」

「ちょっとォ」

押し殺したような声に二人が少年課を見ると、薫が手招きしている。

放っておくとうるさいので、飲みかけのコーヒーを持って二人は薫のデスクに向かった。

「俺たちは横須賀行くんだから手短にな」

「こんな重大なことを放っていったら後悔するわよ、あんたたち」

「だから、何だよ」

大下も苛ついてきた。

「近藤課長のことよ」

薫はさらに二人を手招きして顔を近づけるようにして言った。

「経歴詐称よ」

「誰が」

「だから近藤卓造課長がよ」

「馬鹿言ってんじゃないぞ、薫」

鷹山は呆れてコーヒーを飲み干し、捜査課へ戻ろうとした。

「公務員の経歴詐称は問題だわ。これがバレたら課長はクビよ、クビ。定年退職を目前にして解雇。退職金もパー」

さすがに鷹山も踵《きびす》を返した。

「説明しろ、薫」

「近藤課長の送別会の幹事を仰せつかった真山薫は、会を仕切るにあたっていろいろ調べてみたのよ」

「勿体《もったい》ぶらないで早く言えって」

大下も真顔になった。

「あんたも絡んでるんだからね」

薫はデスクに置いてあった事件の保存ファイルを開いて大下に示した。

「………？」

そこには犯人から押収した書類がファイリングされていた。

「二年前の十一月のヤマよ。大下さんがハマコーポレーションってワルの会社から押収したでしょ、港署職員の個人情報の書類を」

「あった気もするな……いろいろヤマを解決しすぎてるから忘れるんだよ、過去の女と一緒で」

と、大下がその書類を凝視した。

その事件とは、港署の刑事たちのプライバシーがなぜか筒抜けになっているのに気づいて大下たちが調べてみると、ハマコーポレーションという犯罪組織の息のかかった会社が、港署の職員の個人情報を収集していた、という事件である。

大下がその個人情報の書類を取り戻したのが、いま薫が示したものである。

そこには近藤卓造、一九三五年七月二十五日生まれ、と書かれているのだ。

「一九三五年生まれってことは……」

「まだ定年まで五年もあるってことよ」

薫がさらに声を落として言った。

「どういうこと？」

鷹山も覗《のぞ》き込んで言った。

「つまり、近藤課長は年齢をごまかして五年早く定年退職しようとしているってことよ」

「……マジか」

「気持ちは判るわよ。あんたたちみたいな部下を相手にしてたらいつクビになるか判んないでしょ。クビになったら退職金もパーよ。だったら年齢をごまかして早めに定年退職したほうが得だからさ」

「なに馬鹿なことを言っとるんだ！」

その声に驚いて鷹山たちが振り向くと、近藤が立っていた。

「これは、ワシの従弟《いとこ》の生年月日だ」

「あっ、やっぱり！　そう思ってたんですよ、私は！」

薫が笑ってごまかそうと必死になっている。

「従弟は県警の総務で働いてる。ハマコーポレーションはその従弟とワシの情報を取り違えたんだ」

「ですよねえ。だと思います。判った？　二人とも。ハハハハハ！」

鷹山と大下は薫を無視して捜査課に戻り、

「横須賀に行ってきます」

と、近藤に言った。

「くれぐれも気をつけろ。海老沢はいままでの相手とは訳が違う」

近藤が二人を心配するように言った。

狩場インターから横浜横須賀道路、通称、横横に乗ればハマから横須賀までは三十分ほどだ。

横須賀は米軍の海軍基地でもっている街であることから、アメリカと日本が混交した独特の文化を形成している。

港に面した国道十六号沿いはベースの米兵を意識した店が多く、ポスター屋には映画のアメリカ版のポスターだけではなく、蛍光塗料を使ったトリップ用のポスターなども置いている。どこにでもあるような雑貨屋の店員が、ブロークンだがアメリカ人に通じる英語を話すのもこの地域ならではだ。

「スカで稼ぐならどぶ板だ。捜すのは簡単だろ」

覆面パトカーの助手席の鷹山が、運転している大下の咥えた煙草にライターで火をつけた。

「狭い街だし、マキは目立つ女だ」

そう言って自分の煙草に火をつけようとしたが、ライターのオイルが切れてしまった。

「今日はツイてないかもよ、タカ」

横目で見た大下が言った。

「いつもツキすぎてちゃ他の奴に悪い」

鷹山は車のシガーライターで煙草に火をつけた。

二人の覆面パトカーは国道を右に折れてどぶ板に向かった。

どぶ板通りは米軍基地と並んで横須賀の代名詞になっている場所である。

ベトナム戦争当時は米兵相手の店がずらりと並び、栄華を極めていた。通りを駅とは反対方向に進んだ先に旧海軍下士官兵集会所、いまのＥＭクラブの巨大な建物がある。ＥＭクラブにはバーやダンスホールは勿論のこと、二階建ての巨大な劇場まであって、日夜米兵で賑わっていた。

その賑わいもベトナム戦争が終結し、徐々に兵隊の数が減っていくに従って無くなっていった。どぶ板の米兵相手のバーやクラブが店を閉め、その代わりに観光客相手のミリタリーショップや雑貨、スカジャンの店が増えていった。

それでもまだ米兵相手のバーは数件残っているが、年々その数は減っている。七年前に返還されたEMクラブも、来月取り壊されることになっていた。

甲高い指笛の音に、どぶ板のアメリカ雑貨の店でロウマッチ注（P231）を買っていた鷹山が顔をあげた。

二十メートルほど先で大下が手招きをしていた。

「仕事が早いな」

鷹山が小走りに近づいた。

「タカほどじゃないけどな」

と、ちょっと先にある『ニューシカゴ』というバーを示した。

「米兵相手の店だ。いま船が入っているんで十四時オープンだそうだ」

鷹山は頷《うなず》き、

「ハンバーガーでも喰うか、店が開くまで時間もあるし」

と歩きだした。

「俺はタコスだな」

大下も続いた。

横浜の歓楽街といえば福富町である。伊勢佐木町から都橋の間にバー、キャバレー、ソープランドなどが犇《ひし》めき合っている。

そのソープランドの一軒から出てきた吉井と町田は、通りかかったＯＬたちの軽蔑した視線を浴びながらソープランドの駐車場に駐めた覆面パトカーに向かった。

「昼間から嫌ねえ」

と言うＯＬの声も聞こえた。

「客じゃなくて仕事なんですよ……どうでもいいけど」

町田がぼやいた。

ソープランドの経営者が亡くなり、その遺産相続のトラブルを殺された横幕が扱っていたのである。ソープなので暴力団が絡んでいる可能性もあると思ったが、そういう様子はなかった。

「横幕が扱ってた案件を一件ずつ潰していくのは時間がかかるな」

吉井が溜息をつき、覆面パトカーの運転席に乗り込んだ。

町田が助手席に乗り込もうとしたとき、

「トオル！」

という女の声がした。

見ると革のライダースジャケットで決めた娘が小走りに駆けてくる。

「ああいう知り合いが多いな、おまえは。少年課に行ったほうがいいんじゃないか」

吉井が嫌味ったらしく言った。

「薫さんの下で働くのは、ちょっと」

と笑って町田が小走りにその娘、小菅《こすげ》実花《みか》のもとに向かった。

「捜してたのよ、トオル」

実花の目つきは喧嘩に行く前の暴走族そのものだ。

「お楽しみの後で悪いンだけどさ」

「仕事だよ。なに言ってんだ、おまえは」

「だってソープの駐車場にいるから」

町田は言い返すのも面倒になった。

「タケがヤバいの」

実花が真顔になった。

「助けてよ、トオル」

タケとは実花の彼氏で、横浜最大の暴力団だった銀星会の末端のチンピラだった水口《みずぐち》武雄《たけお》である。

去年、鷹山と大下の活躍で銀星会は解散した。だが残党はいくつかのセクトに分かれて生き延びている。タケも幹部のひとりについていこうとしたが、町田がそれをやめさせたのである。

「俺が紹介したバイク屋どうしたんだ」

「十日で辞めた」

町田は溜息をついた。

「で、何がヤバいんだ」

「選ばれちゃったのよ」

「何に？」

「鉄砲玉に」

「ハマで組関係がモメてるなんて聞かないぞ」

鉄砲玉とは暴力団が相手の幹部を殺害するときに使うチンピラのことである。暴力団員が闊《かっ》歩《ぽ》していた時代には、刑期を終えて組に戻ればそれなりの出世コースが待っていたが、いまではただの使い捨てである。刑務所から出てきたら組は解散していたりするからだ。

「兄貴の仇《かたき》を取るんだってさ」

その言葉を聞いた町田が真顔になった。

「ホント、時代遅れよ、ヤクザは」

実花は町田の顔つきが変わったのに気づいた。

「……どしたの」

「兄貴って、五年前に死んだ成島か」

「知らないわよ」

「殺そうとしてる奴の名前は」

実花は考え込んだ。

「一緒に住んでてコミュニケーション取ってないのか、おまえは！」

「そうそう、こないだ食べたのに似てたかも」

「？」

「海鮮専門店だったけど」

「エビか？」

「そう！　エビだ！」

「ヤバい……海老沢だ」

暴力団系の情報網は警察のそれより優れている場合がある。特に犯罪関係の裏情報はそうだ。銀星会の残党が、海老沢が海外から戻ったことを摑み、鉄砲玉にタケを使おうとしているということだろう。

「タケはどこだ？」

「ちょっと待って」

と、実花はポシェットから携帯電話を取りだしたのである。

「おまえ、携帯電話持ってんの⁉」

町田は驚いて実花の携帯電話を見た。

「あたし、ナンバーワンよ、ウチの店の」

いかにも使い慣れているといった感じで、実花が携帯電話のダイヤルキーを押しながら言った。

「トオルだって大分お金落としてくれてるじゃない。ダイヤルキー分くらいがトオルの金かな」

携帯電話からコール音が聞こえる。

「タケも携帯電話持ってるのか？」

実花は頷きながらコール音を聞いていたが、

「出ないわ」

と言って携帯電話を切った。

覆面パトカーの運転席から町田と実花を見て吉井は苛ついていた。二人の会話が聞こえないだけに、よけい苛つくのだ。

実花の携帯が鳴ったようで、彼女がまた携帯で話しはじめたので、温厚な吉井もさすがにキ

レて、

「行くぞ、町田！」

と怒鳴ったとき、町田が猛然と駆けてきたので驚いた。

「吉井さん、車借ります！」

運転席のドアを開け、吉井を引っ張りだした。

「な、なんだ」

訳が判らず吉井は狼狽《うろた》えた。

「早く乗れよ！」

実花に怒鳴って町田が運転席に乗り込もうとしたとき、

「あたしのバイクで行こうよ」

と実花が少し離れたところに停めてある、ヘルズ・エンジェルズが乗っているようなチョッパーハンドルのハーレーダビッドソンを指さした。

「吉井さん、ちょっと横須賀まで行ってきます」

実花のハーレーに向かって駆けていく町田を吉井は首を傾《かし》げて見送り、

「……理解不能だな、あいつは」

とぼやいた。

4

武藤真紀はその容姿からハーフとよく間違えられる。

子供の頃はそれが嫌だったが、夜の世界で働くようになってからは、それを武器に生きてきた。

横浜には幾つかの夜の世界が存在している。その場所場所で雰囲気も違うし、客筋もまるで違う。真紀が働いていた馬車道は、横浜ではトップクラスの客筋の場所で、当然金額も張る店が多い。その中でも彼女がホステスをしていた『ルピン』は群を抜いていた。

横浜に本社を構える企業のトップたちや市議会議員、その取り巻きが毎夜多額の接待費を落としていた。

海老沢錠とは『ルピン』で知り合った。

初めて海老沢が店に現れたとき、ママは金が取れる客とは判断せず、真紀をつけたのである。真紀は自分がママに疎《うと》まれていることを悟っていた。常連の上客にはつけられず、海老沢のようなどうでもいい客につけられるからだ。

「身元を確認しなさいよ」

ママは真紀に注意した。

一般客なら問題はないが、組関係やスカウトだと面倒だからである。ピンク系ではないバーやクラブはホステス勝負なので、スカウトには要注意なのだ。

勿論、海老沢は本名は名乗っておらず、

「田山《たやま》」

とだけ名乗った。

田山の印象は、一流企業ではないが、最近流行りのベンチャー企業の経営者といった感じであった。寡黙《かもく》だが雑誌やテレビの話題にも応えるし、流行にも敏感だったからである。田山は日にちを空けずに来るようになり、それなりに金を落としていく。払いは有名カード会社のゴールドカードであった。なのでママの態度が一変し、真紀ではなく、ランクが上のホステスを田山につけるようになった。

それでも田山は店が引けたあと、真紀を誘って食事に行くようになり、彼女は田山に心を開くようになっていった。

そんなとき、事件が起きた。

横浜を中心に広く神奈川県内で事業を展開していた土地開発業者の社長が、『ルピン』のトイレで自分のネクタイで首を吊って死亡したのだ。

はじめは自殺と思われたが、鷹山と大下が捜査に乗りだし、殺人であることを暴《あば》いた。死んだ社長が藤沢市の大規模開発で地元の暴力団系の不動産会社とトラブルになっていたこと、そして店に海老沢が田山という名前を使って通っていたことを掴んだからである。

鷹山と大下は真紀と田山が店内で撮ったポラロイド写真を見て、海老沢だと判った。

田山はそのあと店には現れず、田山が使っていたゴールドカードも偽造であると判明した。

殺害を依頼された海老沢が、ターゲットがよく利用する『ルピン』に客として現れ、隙を見てトイレで絞殺し、自殺に見せかけたということだ。

真紀は追われるようにクラブを辞め、福富町のバーに移った。

海老沢の犯行と断定した鷹山と大下は真紀を張り込んだが、海老沢は現れず、次々と起きる事件に追われていつしか真紀のマークも疎《おろそ》かになった頃、五年前の事件が起きたのである。

真紀の姿はそのあと、横浜から消えた。

「明るいっすね、最近。いいことでもあったんすか」

カウンターのなかで開店の準備をしているボーイが、スツールで化粧をしている真紀に言った。

「人生を諦《あきら》めると明るくなるのよ」

「その逆でしょ、ホントは」

笑ったボーイが店のドアが開く音に反応して顔を向けた。

「あと十分なんすよ。表で待ってもらえますか」

「他の客がいると話しにくいんでね」

その渋い声に口紅を持った真紀の手が止まった。

「いや、決まりなモンで」

「関係ないね」

その声ですべてを悟った真紀がドアのほうを見た。

「よォ」

と、鷹山が笑った。

「冷たいな。教えてくれれば金落としに来たのに。なあ、タカ」

ボーイが厳しい表情で電話しようとしたのを大下が制し、

「みかじめ料を払ってるんだろうが、俺たちには無駄だ」

警察手帳を示したので、ボーイはしかたなく受話器から手を離した。

「彼氏がハマに戻ってきた」

真紀の表情を見つめながら鷹山が言った。

「生きてたの？」

鷹山が小さく頷いた。

「冷たい男ね……連絡もしてこないで」

真紀の表情は連絡があったことを物語っている。

「連絡があったら知らせてくれ」

港署の名刺をカウンターに置いた。

「これ以上、あいつに仕事をさせたくない」

「期待はしないでほしいわ」

真紀は鷹山の名刺を化粧ポーチに入れた。

「五年前の殺人はまだ時効じゃないからね。犯人蔵匿《ぞうとく》並びに隠避《いんぴ》、おまけに逃亡幇助《ほうじょ》になったりするから、気をつけて」

大下が笑いかけたが真紀はそれには答えなかった。

『ニューシカゴ』を出た鷹山と大下は覆面パトカーを停めた駐車場に向かった。

「海老沢が連絡してきたのは確実だ」

鷹山は電柱でロウマッチを擦り、煙草に火をつけた。

鷹山がマッチの火を消そうとするのを大下が制し、自分の煙草にも火をつけた。

「真紀の部屋に転がり込むのは危険だから、ホテルだろ」

「まともじゃない奴が泊まるホテルは、横須賀にはいくらでもある」

鷹山は消したマッチを指で弾いた。


水口武雄は極度に緊張していた。

中学の頃から不良で暴走族、高校に入ったもののあっという間に喧嘩《けんか》で退学。そのあとはヤクザ予備軍から準構成員と、順調に極道路線を歩んできたのだが、組員に昇進する寸前に鷹山と大下のおかげで組は解散してしまった。

目をかけてくれていた町田が就職先を紹介してくれたが、そこもクビになり、キャバ嬢のスケのところに転がり込んでヒモ状態の生活を送っていた。そこに元銀星会の兄貴分、栗崎《くりさき》が現れて、

「男になるチャンスだ」

と言われ、横須賀まで引っ張られてきたのである。

鷹山と大下に潰された銀星会は、組員がいくつかのセクトに分かれて生き延びているが、どれも銀星会当時の力はなく、シノギを稼ぐのにも四苦八苦していた。その中にあって栗崎のい

る都橋興業は福富町界隈《かいわい》のバーやパブに外国人ホステスを斡旋《あっせん》して、それなりの収益を挙げている。

タケは栗崎の車の助手席で、たったいま渡された安物のオートマチック拳銃のトカレフを持ち、緊張で躰を強張《こわば》らせているのだ。

二十メートルほど前方に、『ハッピーホテル』という汚れた看板を掲げた古い建物が見える。昔はストリートガールたちが、米兵を連れ込んで売春していたホテルで、いまはビジネスホテルに衣替えして細々と営業している。

「使い方は判ってるのか？」

栗崎の声にタケは首を振った。

舌打ちした栗崎がタケからトカレフを引ったくり、スライドをコッキングしてカートリッジ（実包）をチェンバー（薬室）に送り込んだ。

「撃つときは安全装置がないから気をつけろ、いいな」

トカレフを受け取ったタケは腑抜けのように口を開けたまま頷いた。

運転席の栗崎が大きく深呼吸をした。栗崎もまた緊張しているのである。

「待ってろ」

タケに言って車を降り、緊張で足をもつれさせながらホテルに向かった。

そのとき、タケの携帯電話が鳴った。

鷹山と大下は『クライマックス』というビジネスホテルを出て、覆面パトカーに向かった。

「名前ぐらい変えろってーの」

大下がぼやいて運転席に乗り込んだ。

「ここに泊まれば仕事がクライマックスを迎えられる、ってことじゃないの」

鷹山も助手席に座った。

「まだまだあるな」

大下がホテルのページを破ったタウンページを見て溜息をついた。

そのとき、無線の受信音が鳴った。

「ハイ、鷹山」

「河《こう》野《の》です」

港署の指令室で無線を担当している河野良美《よしみ》である。

「いまどちらです？」

「横須賀だ」

「町田刑事から伝言です。すぐ、『ハッピーホテル』に向かってください」

大下がすぐさまタウンページで『ハッピーホテル』の住所を確認し、鷹山に頷いた。

鷹山はそれを受けて無線に、

「なぜだ？」

「海老沢が潜伏している可能性があるそうです」

良美の言葉が終わる前に、大下が覆面パトカーを急発進させていた。

『ハッピーホテル』から出てきた栗崎が車のタケに〝来い〟と手招きした。

タケもさすがに覚悟を決めて車を降り、栗崎のところに向かった。

「三〇五だ」

栗崎が三〇五号室の鍵を示し、タケを促してホテルに入った。

フロントの初老のオヤジが二人を見て、身を隠すように奥の事務所に消えた。

栗崎は部屋の鍵をタケに渡し、フロントの奥にあるエレベーターに向かった。タケは階段を上りはじめる。

事前の打ち合わせでは、タケが部屋のドアを開け、栗崎が室内に銃を撃ち込むことになっていた。エレベーターと階段に分かれたのは、もし海老沢が部屋を出た場合、どちらかで仕留められるからである。

階段を上るタケはベルトにねじ込んでいるトカレフを異様に重く感じていた。二階を過ぎたところでトカレフを引き抜き、三階の廊下に踏み込んだ。

ビジネスホテルに内装を変えてはいるものの、基本の作りはラブホテルのままだ。狭い廊下に並ぶ木製のドアには、丸いステンドグラスの窓がついており、入室中の部屋はステンドグラスの明かりで判るようになっている。

三〇五号室のステンドグラスは室内の明かりで光っていた。

タケはエレベーターのインジケーターが動きはじめたのを見てドアの横に立ち、トカレフを構えた。緊張は頂点に達している。トカレフを持つ右手は小刻みに震え、部屋の鍵を持つ左手は感覚がなくなっていた。

そのとき、部屋のドアノブが動いたのである。

それに動転したタケが鍵を落とした。その音に一瞬ドアノブの動きが止まった。タケが階段に逃げようとして尻もちをついたとき、ドアが開いてS&《スミス》W《ウエッソン》チーフスペシャルを構えた海老沢が出てきたのである。

慌てふためいたタケがトカレフのトリガー（引き金）に触ったために銃が暴発し、タケはさらにパニックに陥った。

海老沢は慌てる様子もなく、チーフスペシャルの銃口をタケに向けた。

そして、トリガーを絞ろうとしたそのとき、エレベーターが三階に到着して扉が開いたのだ。

反射的に海老沢の銃口がエレベーターに向けられた。

乗っていた栗崎は愕然《がくぜん》としてトカレフを海老沢に向けたが、コンマ何秒かの差で先に発射された海老沢の銃の弾丸が、栗崎の顔面を撃ち抜いた。僅《わず》かに遅れてトカレフの弾丸が海老沢の顔を掠《かす》め、ドアのステンドグラスを破壊した。

ホテルの前に急停車した覆面パトカーから鷹山と大下が降り立った瞬間、建物の中から二発の銃声が響いた。

反射的に銃を引き抜いた鷹山と大下がホテルに駆け込んだのと同時に、タケが階段から転がり落ちてきた。

「タケか！」

大下もタケのことは町田絡みで知っていた。

「何やってんだ、おまえは！」

タケが握っているトカレフを蹴って弾き飛ばしたとき、階段の上に海老沢が現れたのを鷹山が目視した。

「海老沢！」

鷹山と海老沢が発砲したのはほぼ同時であった。

二人とも弾丸を避けるために躰を移動させながら発砲したため、互いの銃弾はそれぞれの至近に着弾した。

と、同時に、海老沢が階段を駆けあがった。

鷹山がそれを追い、大下はタケの右手首に手錠を打ち、手錠のもう片方をフロントの横に置かれていたスツールの足に繋げ、鷹山を追って階段を駆けあがる。

鷹山が二階の廊下に駆け出たとき、海老沢が廊下の突き当たりにある非常口のドアを開けたところであった。

大きめの黒いスリングバッグを肩にかけた海老沢は、鷹山に向けて続けざまに二発発砲して非常口を飛びだし、外階段からドアに向けて一発撃った。

「大丈夫か、タカ！」

「非常階段から逃げた！」

二人は非常口に駆け、鷹山がドアノブを引いたが、ドアは開かない。

「ロックを撃ち抜いてやがる」

階段からドアに一発撃ったのは、ドアのロックを壊して開かなくするためだったのだ。鷹山がすぐ横の部屋のドアを蹴破り、大下とともに中に飛び込んだ。

ベッドの中で震えていた、いかにも客とプロのお姉さん風の全裸の男女が、奇声をあげて廊下に飛びだした。

鷹山が窓を開けて外を見ると、海老沢がホテル裏の路地に駆け込むところであった。

「表から頼む！」

大下も窓から路地を見た。

「ＯＫ！」

床に置かれていた男女の服を掴み、部屋を飛びだす。

同時に鷹山が窓からジャンプした。

ホテルの裏手に飛び降りた鷹山は一回転して衝撃を和《やわ》らげ、そのまま路地に駆け込んでいく。

一方、階段を駆け降りた大下は、一階のロビーで素っ裸で呆然《ぼうぜん》としていた客とお姉ちゃんに服を投げ、

「風邪引くぞ！」

と言って、表に飛びだした。

「大下先輩！」

その声のほうを見ると、走り込んできた実花のハーレーが急停車し、タンデムから町田が飛び降りてきたのである。

「取り込み中だ、またな！」

裏手の路地に繋がる横道に向かって駆けた。

「置いてかないでくださいよ！　ここ摑んだのボクなんですからね！」

町田が大下を追った。

「あたしがタケに電話したから判ったんでしょ！」

実花が町田に怒鳴ってホテルに飛び込むと、タケが必死にスツールから手錠を外そうと格闘していた。

「何やってんのよ、逃げるのが先でしょ！」

「そうか」

タケはロビーの隅に転がっているトカレフを摑み、スツールを抱えて実花に続いてホテルを飛びだしていった。

鷹山は愛用のＳ＆Ｗ　Ｍ５８６コンバットマグナム４インチを構え、注意深く路地を進んで行く。海老沢のことだ、どこにトラップを仕掛けているか判らない。

路地のどん付きの壁が見えたとき、右手で物音がした。

「！」

鷹山が素早く銃口を向けた。

横道からも拳銃が二丁、突きだされた。

鷹山が吐息をついて銃口を下ろし、横道から現れた大下と町田もふっと息を吐いた。

大下が首を振り、壁の向こうに建つ巨大な廃墟、ＥＭクラブを見つめた。

「ここしかないな」

「俺たちを誘い込んでケリをつける気だろう」

「やってやろうじゃないの、な、トオル」

「あ……ボクは別に、やらなくても」

と、町田が言ったときには、鷹山と大下は壊されている裏口の扉に向かっていた。

「……て、訳にはいかないですよね、やっぱり……」

三人が壊れた裏口から中に入ると、そこは時間が止まったような空間が広がっていた。

裏口に通じていたのは厨房《ちゅうぼう》の跡で、埃《ほこり》を被った広い流しや止まったままの壁の丸時計が時の

流れを感じさせる。

鷹山たちはゆっくりと、注意深く歩いていく。というのも、一九八三年に米軍から返還されてから七年の間、放置状態で、床には埃のほか、いろいろなものが散乱しており、それを踏む音でいまいる位置を相手に知らせることになるからだ。

海老沢のようなプロを相手にするときは、それだけで命取りになる。

厨房を抜けた鷹山、大下、町田は、広場に繋がる建物のアーチのところで全体の様子を窺った。

ＥＭクラブは正門を入って広がる広場を取り囲むようにしてコの字形で三階建ての建物が配置されている。鷹山たちがいる左側の建物にはバーやクラブ、ダンスホールなどが入っており、右側の隅には『スペシャル・サービス・シアター』という本格的な劇場施設がある。

鷹山たちがいる位置からだと、ＥＭクラブ全体が見渡せることになる。

「……どぶ板のワッペン屋に行けばよかった」

町田は溜息をついた。

「シアターに行ったらワッペン買ってやる」

鷹山にそう言われた町田は、

「オ、やった！」

と、広場の向こうにあるシアターを見た。

「はじめの十メートルは真っ直ぐ駆けろ。そこから右、左って感じで方向を変えてシアターまで突っ走れよ」

大下が身振り手振りで町田にレクチャーした。

「えっ、なんで？」

「おまえがここを飛びだした瞬間に海老沢が銃口を向けるだろ」

「そうですね」

「駆けるおまえに照準を合わせて撃つまでに三秒。つまり、それが十メートルだ」

町田も鷹山と大下が自分に何をやらせようとしているのか、判ってきた。

「囮《おとり》か、ボクは……」

「ワッペン買ってやるから」

「それでトム・クルーズに対抗できる」

「彼女はおまえのモンだ」

「判りました。やりましょ！」

女絡みになると町田は思考が単純になる。

「よし、行け！」

大下が町田を広場に突き飛ばした。

よろけて広場に飛びだした町田が、

「駆けろ、トオル！」

という鷹山の声にハッとなり、シアターに向かって駆けだした。

鷹山と大下が銃を構え、広場の周囲を鋭く見る。

町田が走る方向を右に変えた瞬間、銃声が響き、町田の至近に弾丸が着弾した。

鷹山と大下が鋭く周囲を見た。

周章てた町田が転がるように走る方向を変えたのと同時に、二発目の銃声が響いた。

「あそこだ！」

鷹山と大下がシアターの左側にある建物の三階の窓から、ライフルのバレルが覗いているのを確認した。

鷹山が、

「町田を頼む！」

と言って、横の建物に駆け込む。

「ＯＫ！」

大下は町田を援護して三階の窓に向け、立て続けに拳銃を撃った。

勢い余って転倒した町田が起きあがり、シアターに駆ける。

それを狙ってライフルが火を吹いたのを見て、大下が銃を撃ちながら広場に飛びだした。

階段を駆けあがった鷹山は長い廊下を疾走する。

この建物には何種類かのバー、ダンスホールなどの娯楽施設が入っている。いまは残骸となった施設の前を鷹山は駆け抜けていく。海老沢がいる建物とはＬ字形の廊下で繋がっているのだ。

広場の大下は町田を援護してさらに二発撃ち、シアターの入り口に町田とともに駆け込んだ。

海老沢の銃弾が二人の横を的確に狙ってくる。

「いい腕してるぜ、海老沢は」

ぼやきながら大下はリボルバーのシリンダーを開け、残った一発を除いた五発の弾丸を素早く入れ換えた。

鷹山は駆けるスピードを落とし、海老沢のいる部屋に近づいた。ドアは開いたままである。

鷹山がさらに近づいたそのとき、銃声とともに弾丸がドアを貫いた。瞬間、鷹山が伏せてドアに銃弾をブチ込んだ。

続けざまにドアを貫く海老沢の弾丸に鷹山は転がって壁に身を寄せて銃を構えた。廊下には遮蔽物がない。

「久しぶりだな、鷹山」

室内から海老沢の低い声が聞こえた。

「何度も言ったろ。仕事の邪魔をするなって」

鷹山は考えた。ここで答えれば、位置を確認される。海老沢は必ずそこに銃弾を撃ち込んでくるはずだ。

ポケットからカートリッジを一発取りだし、それを自分から少し離れたところに投げた。

瞬間、いままでの銃声とは違う太く大きな音が響き、今度は壁をブチ抜いて弾丸がカートリッジの脇の床を破壊した。

口径の大きな銃を撃ってきたのである。

「……何丁銃持ってんだ」

そのとき、大下の声が聞こえた。

「隣だ！　隣に移動した！」

鷹山はすぐさま室内に飛び込んだ。

すでに海老沢の姿はなく、隣に繋がるドアが半開きになっている。

鷹山が窓から広場を見下ろすと、シアター前の大下が、

「廊下に出た！」

と、怒鳴った。

鷹山が部屋を飛びだすと、スリングバッグを肩にかけ、セミオートライフルＡＲ－７を持った海老沢が廊下の突き当たりから外に飛びだしたところであった。

シアターの表にいた大下は、海老沢が建物からシアターに繋がるアプローチを駆けていくのを見た。

「行くぞ！」

町田を促してシアターの中に駆け込む。

「……来るんじゃなかった」

ぼやいた町田が大下に続いた。

スペシャル・サービス・シアターのエントランスを入ると階段がある。大下と町田はその階段を駆けあがった。

二階が劇場の一階になる。広い舞台と客席が並んでおり、それを囲むようにして座席がある。二階席は一階の三分の一ほどの広さで、劇場を見下ろせるようにスロープがつけられている。二階席とステージの距離は、三十メートルはある。

一階席を覗いた大下と町田は、廊下にある階段をさらに駆けあがった。海老沢がシアターに入ってくるのは、二階席の廊下からである。

二階席の廊下で大下は建物から連結している扉を見た。と、扉が動いた。

「⁉」

反射的に大下と町田が物陰に飛び込み、銃を構えた。が、次の瞬間、二人はふっと息を吐いた。

入ってきたのは鷹山だったからである。

〝いないのか？〟

〝見てない。中か？〟

〝行こう〟

〝了解〟

鷹山と大下は言葉ではなく手で合図を送り、二ヵ所の入り口からシアターの二階席に飛び込んだ。身を低くして銃を構え、二階席を鋭く見たが、海老沢の姿はなかった。

「いないな」

鷹山が立ちあがってさらに周囲を見た。

「忍者か、あいつは」

大下も席の陰から立ちあがった。

「その可能性はありますね」

町田が真顔で言ったので鷹山と大下はそっぽを向いた。

向いた鷹山の目が一階のステージで止まったと同時に怒鳴った。

「伏せろ！」

ステージの奥にリボルバーを構えた海老沢が立っていたのだ。

リボルバーが発射され、鷹山が廊下で聞いた轟音とともに三人が伏せた前の席の椅子が吹っ飛んだ。

「!!」

三人は這って横の椅子の陰に伏せた。

二発目の轟音がシアターに響き、三人が隠れた椅子を銃弾が貫通した。

三人はまた移動する。

「まいったな、こりゃ」

大下がぼやいた。

「移動してくのはいいんですけど、椅子がなくなったらどうなんですかね」

町田はもっと弱気だ。

「海老沢に聞いてみろ」

大下がそう言ったとき、また銃声の轟音が響き、椅子が吹っ飛んだ。

「ダーティハリーか、あいつは」

海老沢が撃っているリボルバーは、Ｓ＆ＷのＭ29という、映画の『ダーティハリー』でクリント・イーストウッドが使っている最強のリボルバーである。使っている弾丸はもちろん44マグナムなので、古い椅子の後ろに隠れたところでなんの意味もない。

「海老沢はボクたちを殺す気なんですよね……」

町田はもう泣きが入っている。

「確実にな」

鷹山は町田に答えながらステージを鋭く見た。

このシアターは映画だけではなく、ジャズの演奏や歌手のショーが行われていた。それだけに照明機材も充実している。大部分は取り払われてはいるが、放置したままのものもある。

そのひとつに鷹山が気づいたのだ。

また銃声が響き、三人が身を隠している椅子が撃ち抜かれた。

「四発目だ。あと二発で弾丸《タマ》が切れる」

大下が鷹山に言った。

「一発だ」

「…………？」

「向こうの建物で俺に一発撃ってる」

「スピードローダーでカートリッジをチェンジしても二秒はかかるぜ」

「そこで勝負をかけよう」

「きっちり狙うには距離がありすぎるけどな」

「海老沢を狙う必要はないさ」

鷹山は大下を見てにやりと笑った。

海老沢は横浜で仕事をする以上、鷹山と大下を始末する必要があると思っていた。その場所にＥＭクラブを選んだのである。

『ハッピーホテル』に銀星会の残党が現れたのは計算外だったが、後はうまく鷹山と大下をＥＭクラブに誘い込むことが出来た。

部屋から鷹山たちを狙撃したあと、建物を飛びだしてシアターに駆け込むと見せかけ、鷹山が飛びだしてくる前にアプローチの手すりを越えて二階へ、つまりシアターの一階へ飛び降りたのである。

海老沢がいるシアターのステージからは、二階席がすべて見渡せる。二階席からステージが見えるようにスロープをつけてあるおかげで、ステージからも客席が丸見えなのだ。

鷹山たち三人が身を隠している一列目の椅子も、残り数脚になっている。それをM29で破壊してしまえば、あとは身を隠す場所を失くした鷹山たち三人をゆっくりと撃ち殺していけばいいのだ。

海老沢は鷹山たちが身を隠している客席に向け、トリガーを引いた。

その銃弾で頭上の席が破壊された瞬間、鷹山と大下が上半身を起こして銃を構えた。

「！」

海老沢がそれを見たのは、M29のシリンダーから空のカートリッジを排莢《はいきょう》し、スピードローダーで次の実包を装塡しようとしたときである。

海老沢は鼻で笑い実包を装塡したシリンダーをもとに戻した。バレルの長いM29ならともかく、鷹山たちのハンドガンでは、ステージの奥に立っている海老沢の位置まで的確にヒットすることは不可能だ。

海老沢がまず鷹山に狙いを定めたとき、鷹山と大下が同時に銃を撃ったのである。

二人の銃口が自分にではなく、舞台の左右に向けられていたことに海老沢は愕然とした。

と、同時に、ステージの上で激しい音が響き、照明機材を吊るすために張り巡らしてあるスチールの棒、バトンが一気に落下してきたのである。

このステージは終戦後に作られたものなので機材も古く、照明のバトンはロープの巻き上げ式なのだ。その巻き上げ機がステージの左右にあり、鷹山と大下は、そのロープを打ち抜いたのである。

「!!」

逃げる間もなく、海老沢は落下してきた何本ものバトンに叩きつけられた。

「オオ、スゲエ！」

二階席で町田が歓声をあげたとき、鷹山は廊下に飛びだしていた。

「感心してんじゃないよ、行くぞ！」

大下も町田を促して廊下に飛びだす。

鷹山を先頭に大下、町田が階段を駆け降りて一階に駆け込んだ。

海老沢がバトンを退《ど》かし、よろよろと舞台の下手に向かおうとしている。相当躰にダメージを受けているように見える。

「止まれ、海老沢!!」

鷹山が銃を構えて叫んだ。

海老沢は鷹山たちを睨みつけ、そのままステージの下手に向かった。

「あの野郎！」

大下が発砲し、鷹山も立て続けに撃った。二人の弾丸は海老沢の背中のスリングバッグに命中したが、海老沢はそのままステージを降りて物陰に身を隠した。

「あのスリングバッグは防弾つきか！」

物陰から二発が発射され、鷹山たちの横の壁が派手に砕けた。

「あの銃にはかないませんよ。援軍呼びませんか？」

戦意を喪失した町田がそうぼやいている間に、鷹山と大下は舞台の袖が見える位置へと移動していった。

物陰にいる海老沢が携帯電話を切ったところであった。

「もうちょっと近づこう」

大下が小声で鷹山に言った。

鷹山は頷き、一階席の椅子の陰を移動していく。

それに大下と町田も続いた。

鷹山が〝イケる〟と大下に目で合図を送ったとき、海老沢も鷹山たち三人を目視した。瞬間、銃撃が開始された。

海老沢はスリングバッグを楯に、M29を撃ってくるが、その命中精度は低く、弾丸は鷹山たちの周囲に着弾している。

「照明のバトンで右腕をやられてるな」

「チャンス！」

大下は立ちあがり、続けざまに銃を撃った。

そして、海老沢が大下に銃口を向けたところを鷹山が狙ってトリガーを引いた。

その弾丸が海老沢の右肩を掠め、肩にかけていたスリングバッグのショルダーベルトを切り裂いた。

「?!」

床に落ちたスリングバッグからＡＲ－７ライフルを引き抜いた海老沢は、転がるように物陰を離れ、シアターを飛びだした。

ドアが開く音に鷹山たちが駆けだす。

そして、階段を駆け降りて広場に飛びだした。

鷹山たちは周囲を見るが海老沢の姿はない。

と、そのとき、表から車が急発進する音が聞こえた。

「ヤバッ！」

町田がかなり高い壁をよじ登ろうとした。

「無理無理」

大下がそう言って厨房に向かって駆け、鷹山も続いた。

二人が厨房を駆け抜けて壊れた裏口から路地に飛びだし、国道十六号に到達したとき、なんと、そこに町田が立っていたのである。

「車も海老沢も消えました」

「乗り越えたのか、トオル？」

大下が呆れたように壁を見た。

「もちろんです」

「人間、なんかひとつは取り柄があるモンだ」

「車は見たのか」

「赤い中古のワーゲンです」

「よくやった。ワッペン買ってやる」

鷹山が町田に言って、足早にＥＭクラブの裏口に向かった。

「ありがとうございます！」

「車のナンバーは？」

大下と町田も鷹山に続いた。

「数字は苦手なんですよ」

「女もだろ」

大下はスピードをあげて鷹山を追った。

「なんで知ってるんだろ」

町田は不思議そうに呟いた。

5

「タクティカル用か」

海老沢のスリングバッグを見て近藤課長が呟いた。タクティカル、つまり戦術用ということである。

鷹山が自分のデスクに置いたスリングバッグのファスナーを開き、その中を近藤に見せたのだ。

「ここにライフルが収納出来ます」

と、ライフルの収納スペースを示しながら、

「ここにあったはずのＡＲ－７というライフル。それを持って逃走しました」

「凄いわねぇ」

少年課からやってきた松村課長が覗き込んだ。

ハンドガンが数丁入るクッション入りの収納スペースには三十八口径のチーフスペシャルが入ったままだし、カートリッジをパッケージごと収納できる場所には、三十八口径と44マグナム弾が数箱、そのまま残されている。

鷹山は最後に弾丸が三発食い込んでいる防弾マットを取りだして一同に示した。

「戦争でもやりにきたみたいだわ」

「これだけの武器を日本で調達するのは不可能だろうな」

吉井が溜息をついた。

「こいつを持ち込むために船で来たンだろうよ、海老沢は。あ〜、怖い、怖い。よかったよ、横幕の捜査やってて」

田中は吉井や鈴江、吉田を促して、

「さあ、今日も元気に捜査に行こう！」

と、捜査課を出ていった。

大下が呆れて溜息をついたところに、瞳がコーヒーカップに日本茶を淹《い》れて鷹山と大下のところに持ってきた。

「日本茶なんですけど、いかがです？」

「課長に先に持っていかないとマズイだろ」

鷹山がデスクに戻った近藤を見た。

瞳が小声になり、

「昨日から、お飲みにならないんです」

大下も近藤を見た。

近藤は何か思い悩む表情に見える。

「お茶も賞味期限があるもので……」

「いただきます」

大下がカップを取った。

続いて鷹山もカップを取ったとき、薫が少年課から顔を突きだしてきた。

「ウツよ」

思わず鷹山と大下が両手をあげた。

「その撃つじゃないわよ。あんたたちが書けない難しい漢字の鬱、退職鬱よ。定年退職の日が迫って、これでもう馬鹿な部下たちに悩まされなくて済むという安堵と、それとは裏腹にもうこれで可愛い少年課の刑事にも会えない、という淋しい気持ちが複雑に絡み合って鬱になるのよ」

「で？」

「ン？」

「送別会の段取りはうまくいってんだろうな」

大下は薫をまったく信用していない。

「いやー、近藤課長。長い間お疲れさまでした」

「まいったな、こちらから御挨拶に行こうと思っていたのに」

その声に鷹山たちが見ると、県警本部から来たと一目で判る制服の二人が、近藤のデスクに向かい、深々と一礼していた。

「どうぞ、こちらへ」

近藤が二人をソファに促し、

「瞳クン、お茶」

と、言った。

「ハイ！」

瞳は笑顔になり、給湯室に小走りに向かっていった。

「退職後の件ですが、どうですか？」

「いやいや、お気持ちはありがたいんだが、隠居したいんですよ」

「そんなことは言わないで。あと数年は関連団体に推薦できるので、お渡ししたリストから希望のところを選んでください」

そこに鑑識の安田が部下を連れてやってきた。

「どれ？」

「これ」

鷹山がデスクに置いたスリングバッグを指さした。

「凄いな、こりゃ！」

安田は興味津々といった感じで、中身を舐《な》めるように見ている。

「チーフは撃ってるよ」

大下が中に収められているチーフスペシャルの匂《にお》いを嗅いでみせた。

「マガジンがないね」

オートマチックのマガジン収納スペースにマガジンが入っていない。

「あいつはハンドガンはリボルバーしか使わないんだ」

「拘《こだわ》りか、プロにもいろいろいるね。じゃ、これ預かるよ」

スリングバッグを部下に持たせ、安田は去っていった。

「ね、ね、なんで海老沢って拳銃はリボルバーしか使わないの？」

薫がまた首を突っ込んできた。

「おまえが二枚目しか相手にしないのと同じだ」

鷹山は面倒くさそうに答えた。

「銃は女と一緒だからな。そいつの好みが出るんだ」

電話が鳴り、大下が出た。

「捜査課……オウ、待ってたぞ、どうだ？」

「間違いありません。海老沢を助けたのは武藤真紀です」

受話器の向こうで町田が言った。

大下に手招きされ、鷹山が受話器に耳を近づけた。

「彼女が所有している車が赤いワーゲンです」

鷹山と大下は顔を見合わせ、小さく頷いた。


町田は『ハッピーホテル』が見える電話ボックスからかけている。

ホテルの前には横須賀の警察車両が多数停まり、刑事や警官が慌ただしく出入りしている。

「彼女をパクる。俺たちがそっち行くまで張ってろ」

「いや、それがですねえ……」

電話ボックスの横を通った横須賀の若い刑事が町田を見て挨拶していった。

町田も挨拶を返して、

「こっちの連中も武藤真紀を引っ張るつもりらしいんですよ」

「ヤバいな」

「でしょ」

「俺たちが行くまでパクらせるな」

「えっ、どうやって？」

「そんなことは自分で考えろ」

大下に電話を切られた。

「まいったな……」

と、ボヤいたとき、さっき町田に挨拶していった刑事が戻ってくるのが見えた。

「あのさ！」

電話ボックスを飛びだした町田が、その刑事の前を遮るように立ったが、名前を忘れていた。

「山田君」

「惜しい、山谷《やまたに》です」

その刑事が笑った。

「そうだよ、山谷君！　ちょっと話あるんだけど」

「なんですか？」

「武藤真紀を引っ張ろうとしてるんだろ」

「はい」

「彼女を引っ張っても海老沢はパクれないって」

「武藤真紀から居所とかを聞きだせば」

「まともに吐くと思うか、彼女が」

「……まあ」

「もっといいテがあるんだよ、山田君」

「山谷です」

「署に彼女を引っ張っちゃったら海老沢は接触してくる訳がないだろ」

「そりゃそうですね」

「だったら泳がしといて、海老沢が現れたところをパクっちゃったほうが早くないか」

「なるほど」

「係長に話しに行こう」

山谷を促して、所轄連中がいるホテルの前に向かった。

紫煙が漂うワンルームのマンションに、ローズマリー・クルーニーの歌声が流れている。

武藤真紀が咥え煙草のまま、ブラックコーヒーの入ったブリキのマグカップを持ち、ＣＤプレーヤーのある棚の前を通って窓に向かった。

１ＬＤＫのあまり広くないマンションだが、真紀のセンスを感じさせる気持ちのいい部屋である。

真紀は窓のカーテンを少し動かし、表の様子を窺った。角部屋なので表と横の道も見渡すことが出来る。

案の定、横須賀の所轄の刑事がところどころに張り込んでいる。そして、数台のセダンが不自然に停まっている。

真紀はマグカップのコーヒーを飲んで馬鹿にしたように小さく笑い、煙草を咥えて窓から離れた。

一般車があんな車の停め方をしたら一発で駐禁を取られる。つまり、停まっている数台のセダンは覆面パトカーってことだ。

　海老沢が突然現れてからの数日間は、エキサイティングな日々だった。この感覚を五年間、真紀は忘れていたのである。

　大きく吐息をついた。

　これから起こるであろういろいろなことを考えると、緊張と興奮で心が震えた。それを落ち着かせるための吐息なのである。


「ホントに武藤真紀は海老沢と接触するんですかね？」

　真紀のマンション近くの植え込みの奥にいる山谷が隣の町田に言った。

「俺の長年の経験からして、間違いない」

「町田さん、刑事になって何年です？」

「五年かな」

「僕、六年なんですよ」

「えっ、先輩か。あ……じゃ、山谷さんで」

「僕は、海老沢はもう武藤真紀に会わないと思いますよ」

「どうして」

「我々が張ってるの判るはずだし」

「……まあね」

「ちょっと係長に意見具申してこようかな」

と、植え込みを出ようとした。

「待った！　もうちょっと待ってみよう」

町田が慌てて止めようとしたとき、一台の覆面パトカーが走ってきてマンションの前に停まった。

そして、颯爽《さっそう》と降り立った鷹山と大下がマンションに入っていったのである。

「オオ……よかった」

それを見て町田はほっとした。

「ちょっと、いまの二人、町田さんトコの刑事じゃないですか？」

「え……そう？」

「停まってるの覆面パトでしょ。横浜ナンバーだし」

「判った。俺がいま確認してくるから待ってて、いいね」

町田は植え込みを出て、

「ヤバい、ヤバい……」

と、呟きながら、小走りにマンションに向かった。

町田を見送った山谷だったが、一瞬考え、植え込みを出て係長のいるワゴンに駆けた。


ドアスコープから目を離した真紀がチェーンとロックを外し、ドアを開けた。

唇だけで笑っている鷹山と大下が廊下に立っていた。

「どうぞ。断ってもどうせ入ってくるんでしょ」

マグカップのコーヒーを飲みながらリビングに向かった。

ＣＤプレーヤーのローズマリー・クルーニーの曲が『家においでよ』に変わった。

「ローズマリーは歓迎してくれているようだ」

鷹山が煙草を咥え、プレーヤーの横に置いてあったローズマリー・クルーニーのＣＤを手に取った。

「自分に都合のいいように考えるのね。幸せな人だわ」

「逃がした海老沢をここに匿《かくま》う訳はないか」

注意深く室内を見ていた大下が言った。

「何のことか判らないけど」

「ＥＭクラブから飛びだした海老沢を、赤いワーゲンがピックしてったんだけどね」

「ここもいいかな？」

鷹山が真紀を見て寝室を指さした。

真紀はコーヒーを飲みながら、目で頷いた。

鷹山が寝室のドアノブを摑み、大下はそっとショルダーホルスターから拳銃を引き抜いた。

鷹山がドアを開け、大下、続いて鷹山が中に入る。

六畳ほどの室内にセミダブルのベッドと大きめのクローゼットがあるだけだ。

大下はベッド脇のナイトスタンドの横にある車のキーに目を留め、ニタッと笑った。

「お望みならクローゼットの中もどうぞ」

ドアの前に立った真紀が言った。

「クローゼットに隠れてるような犯罪者はパクる気もしない」

そう言って鷹山が寝室を出たところに町田が駆け込んできた。

「所轄の連中が来ちゃいますよ！」

「早めにやろう、タカ」

大下も寝室を出てきた。

鷹山が改まって真紀に、

「港署までご同行願えますか」

と、言った。

「任意で？」

「勿論」

「断るに決まってるでしょ」

階段を駆け上がってくる男たちの足音を聞いて町田が狼狽えた。

「ヤバいですよ、大下先輩！」

「ちょっと失礼」

大下が笑って、マグカップを持っている真紀の手首を摑んだのである。

真紀が驚いて拒もうとしたが、もう遅かった。手首を摑まれた衝撃で、マグカップの中のコーヒーが鷹山の顔を直撃したのである。

真紀が大下の顔を睨みつけたとき、彼女の手首に手錠がかけられていた。

「暴力行為並びに公務執行妨害。ゴメンな」

大下がちょっと笑ってそう言ったが、真紀は呆れてリアクションすらしなかった。

「悪いが港署で取り調べる」

ハンカチで顔を拭《ふ》きながら鷹山が言ったとき、係長や山谷をはじめとする地元の刑事たちがドカドカと入ってきた。

「!?」

刑事たちは呆然と鷹山たちを見た。

「ちょっと失礼」

鷹山と大下は刑事たちを退け、真紀を連れて廊下に出た。

「鷹山刑事！」

係長がさすがに声を荒らげた。

「武藤真紀はウチの管内で起きたヤマ絡みの参考人だ。勝手に引っ張ってもらっちゃ困る」

「暴力行為と公務執行妨害の現行犯なんでね」

と、コーヒーをかけられたワイシャツを示した。

「ウチの取り調べが終わったら横須賀南署にお渡しします」

それだけ言って真紀を促して階段に向かった。

「あ～、よかった。これで横浜に帰れる」

鷹山に続きながら町田がボヤいた。

「ワッペンは買ったのか？」

大下が囁《ささや》いた。

「あっ、そうだ！」

「もうひと仕事していけ」

町田は大下から何かを手のひらに握らされた。

「…………？」

それは真紀の車のキーであった。

鷹山は階段を降りながら、横須賀南署の連中が追ってこないのを確認して真紀の手錠を外した。

「逃げるかもしれないわ」

「また追いかけるさ」

真紀がちょっと笑った。

6

県庁から中華街方向に行った左側に警友病院があり、その隣が神奈川県警本部の分室である。

県警本部は来年、海岸通りに完成する地上二十階、地下三階建ての新庁舎に移転するまで、横浜市内にいくつかの分室を設置していた。ここもそのひとつであった。

近藤卓造は分室内にある資料室にいる。

「これでよろしいでしょうか」

若手の職員が分厚いファイルを閲覧デスクにいる近藤の前に置いた。

「必要なところがあれば、言ってください。コピーするか、ファックスで港署にお送りします」

「ありがとう」

職員を見送り、近藤は『寿町連続強盗殺人事件』と書かれた古いファイルに目を落とした。

そのファイルを捲《めく》る近藤の顔は、現場で活躍していた頃はそうであっただろう、鋭く厳しいものであった。


「課長！」

鑑識の安田が数枚の写真を持って捜査課に勢いよく入ってきた。

「分室に行ってるよ」

デスクで店屋物のラーメンを食べていた田中が言った。

ちょうど昼食時間で、吉井は愛妻弁当を、吉田と谷村《たにむら》はテイクアウトしてきた牛丼の大盛をパクついていた。

「そうか」

勇んで入ってきただけに、安田はどこか拍子抜けした感じである。

「安《や》っさん、なに？　課長には伝えとくからさ」

弁当のメインディッシュである赤い蛸《たこ》ウィンナーを頬張りながら吉井が声をかけた。

「横幕誠二を殺害した犯人が割れたんだ」

捜査課の一同が一斉に箸を止めて安田を見た。

「……誰？」

吉井刑事が弁当を仕舞った。

「海老沢錠」

その言葉に捜査課ばかりか、少年課にいた松村、そして薫までが唖然とした。

「鷹山たちが持ってきたバッグに入っていたハンドガンのライフルマークと、横幕の体内から摘出された弾丸のライフルマークが一致したんだ」

安田はスリングバッグに入っているチーフスペシャルと横幕の弾丸の写真を一同に示した。

鷹山と大下の覆面パトカーは、国道十六号から関内駅前を左折して大桟橋通りに向かおうとしていた。

「ちょっと、何処《どこ》で遊んでんのよ。ヤバいわよ」

覆面パトカーの無線からなんと、薫の声が聞こえてきた。

「何でおまえが無線室にいるんだ、薫」

助手席の鷹山がムッとした表情で無線のマイクを取った。

「無線係の河野良美が昼メシ食いにいっちまったからよ」

鷹山はバックシートにいる真紀をちょっと気にしながら、

「何がヤバいんだ？」

「横幕射殺したの海老沢だって」

鷹山と大下が驚いたように顔を見合わせ、そのままバックシートの真紀を見た。

真紀は表情ひとつ変えず、窓の外を流れる横浜の街を眺めている。

「判った。あと五分で戻る」

無線を切った鷹山が真紀に、

「聞くことが増えて楽しいよ」

と声をかけたが、真紀は相変わらず無反応であった。

「タカ」

大下の声に視線を前に戻した。

「課長じゃないか」

前方の左に見える県警の分室から近藤が出てきたのである。

その手には大きめの封筒を抱えている。

鷹山はそれに目が留まった。

「お乗せしましょう。署まで歩いてくのは大変だから」

大下が覆面パトカーを歩きだした近藤の前で停めた。

「課長、乗っていきませんか？」

鷹山が助手席の窓を下ろして近藤に声をかけた。

突然で驚いたように鷹山たちを見た近藤だったが、

「そうか。助かる」

鷹山は助手席を降りてシートを倒した。

覆面パトカーのレパードは2ドアなので、バックシートが少し狭いし、乗り降りに手間がかかる。

が、逆に逮捕した容疑者を署に連行するときには逃げられにくいので、鷹山たちにとっては安心できるのだ。

乗り込もうとした近藤は、バックシートに真紀が乗っているのに気づいた。

「ちょっと失礼」

真紀が少し移動し、近藤が乗り込んだ。

「俺たちのボスの近藤課長」

大下が真紀に紹介した。

「近藤です、よろしく」

真紀に挨拶して、二人に、

「この方は？」

と、尋ねた。

「横須賀で逮捕した武藤真紀嬢です」

「………？」

「海老沢絡みですよ」

鷹山が補足した。

近藤はちょっと驚いたように真紀を見た。

「横幕の件は聞きましたか？」

鷹山が続けた。

「それで署に戻るところだ」

近藤の顔が少し厳しくなった。

「じゃ、大至急」

大下がパトライトをルーフに貼りつけ、覆面パトカーをスタートさせようとしたとき、その横を猛スピードで横須賀ナンバーの赤のワーゲンが走り抜けていった。

「あたしの車じゃない！」

見た真紀が声をあげた。

「釈放されたあと、乗って帰れるだろ」

大下は笑って覆面パトカーをスタートさせた。


港署の裏手にある駐車場に真紀のワーゲンは停められていた。

その車内を漁《あさ》っている町田を大下が覗き込んだ。

「どうだ」

「行き先が判るようなモノはありませんよ」

何枚かの高速道路の料金チケットやレシート類を大下に渡した。

大下はそれをチェックしながら、

「ＥＭクラブから横横に入って横浜市内まで来たのは判るな」

「横浜の何処のインターで降りたかが判りませんからねえ」

大下が料金チケットで町田の頭を叩き、その中の一枚を示した。

「ちゃんと調べろよ、トロイ動物」

大下が示したのは『本牧ＧＳ』というガソリンスタンドの領収書であった。

「さすが大下先輩。やるモンですね」

「おまえがやらなすぎなの」

「やっぱり」

「真紀がここでガソリンを入れたってことは、どういうことか判ってるな」

「横須賀に戻るガソリンがなかったってことです」

大下は思わず町田の頭を引っぱたいて車を降りた。


港署には大小の会議室があり、捜査課で話せないような捜査会議は大会議室で、個別の案件は小会議室を使うことになっている。

近藤課長と鷹山は小会議室にいた。

「課長の態度がちょっと気になっていたもので」

殺害された横幕の写真を見たときの近藤の顔つきが、鷹山は気になっていた。横幕を知っているかのようなリアクションだったのである。

そして、さっき分室から出てきたことである。警友病院の隣にある分室は資料室を一時移したもので、過去の県警の事件に関する資料を保管しているところだ。

そこから封筒を持った近藤が出てきたとなれば、何か過去の事件の資料を調べていたということになる。

大下も入ってきて鷹山の横の椅子に座った。

「もう少し調べてから話そうと思っていたんだが」

そう言って近藤は内線電話をかけた。

「デスクに置いてある県警の封筒を持ってきてくれないか。そう、小会議室にいる」

電話を切り、ちょっと考え込んだあとに口を開いた。

「横幕の写真を見たとき、前に会ったことがあると思った。そのときには思い出さなかったんだが、今日、思い出したんだ。顔は似ている。会ったときは若かったが、多分間違いないだろう。だが、名前が違っていた。だから、分室へ行ったんだ」

「昔の事件に関係があると……」

大下が尋ねた。

「私が寿南署にいたとき、担当したヤマだ」

近藤は十二年前、四十八歳のときに港署捜査課に課長として赴任してきたが、それまでの十五年間は寿南署で現役の刑事として活躍していたのである。

ドアがノックされ、瞳が県警本部の封筒を持って入ってきた。

「お待たせしました！」

瞳は明るく言ったが、部屋の雰囲気が重いのを感じ取り、近藤の前に封筒を置いて黙礼して部屋を出ていった。

「このヤマだ」

近藤は封筒から事件の概要、それに関係した人物の書面をコピーしたものを取りだし、鷹山と大下の前に置いた。

「拝見します」

鷹山が手に取り、半分を大下に回した。

事件というのは一九七五年に起きた、連続強盗殺人事件である。

寿町の質屋と伊勢佐木長者町のサラリーマン金融が銃を持った二人組に襲われ、現金八五〇万円が奪われ、抵抗したサラ金の社員が撃たれて死亡し、質屋の主人が胸部に被弾して重傷を負った事件である。

寿南《ことぶきみなみ》署が担当し、係長であった近藤が陣頭指揮を執って捜査にあたり、無職の池永真一《いけながしんいち》と暴力団員の阪田《さかた》幸雄《ゆきお》を逮捕した。

博打《ばくち》で借金を作った池永が、その返済のために強盗をすることを阪田に勧められ、二人で犯行に及んだものだった。銃は阪田が持ってきて池永に渡し、奪った金は二人で山分けにしていた。

判決は池永真一が無期懲役。阪田幸雄が懲役十五年の実刑であった。なぜ二人の判決に差が出たかというと、犯行を計画し、段取ったのは阪田だが、店に強盗に入ったのは池永ひとりで、阪田は二件とも表に停めた車の中で待っていたからなのである。

「二人の弁護を担当したのが横幕なんだ」

近藤は大下が見ていた裁判記録の中の、『担当弁護士・宮下《みやした》誠二《せいじ》』と書かれているところを指さした。

「宮下……？」

「調べてみたら、横幕は養子に入っていて、奥さん方の名字を名乗っていた」

「離婚したってことですか」

鷹山が言った。

近藤が頷き、

「奥さんの父親が弁護士事務所の所長をしていた。そこにいる頃は刑事事件も担当していたが、離婚して事務所をやめてからは民事だけを扱っていたようだ」

と、横幕の履歴のページを示した。

「一九七八年に離婚して独立ってことは、判決が確定してからすぐってことだ。最高裁が上告を却下したんで、結審したからな」

「しかし、海老沢は何で横幕を殺したんですかね。あいつはプロですから、依頼を受けないと殺しはやりませんよ」

鷹山が怪訝《けげん》そうに言った。

「問題はそこだ」

近藤が考え込むように言った。

「もしこの強盗事件に関係しているとすればだが……」

近藤は県警の袋から新聞のコピーと官報のコピーを取りだし、二人の前に置いた。

「一ヵ月前、阪田幸雄が仙台刑務所を仮出所している」

鷹山と大下はその事柄が小さく載っている官報を見つめた。

「その十日後に池永真一が刑務所内でシャツで首を吊って自殺した」

その新聞記事のコピーを見た鷹山と大下の顔が厳しくなった。

「確証とは言えませんが、何か臭いますね」

大下が新聞のコピーを手に取って言った。

「もしこの事件に絡んで海老沢が動いているとすれば、誰が海老沢に依頼をして、誰を殺そうとしているか、ってことですが……」

鷹山は近藤を見つめた。

ボールペンを取りだした近藤が、裁判記録のコピーの名前に丸印をつけていった。

犯行に及んだ池永真一、阪田幸雄、裁判長の岡修司《おかしゅうじ》、担当検事の原嶺明《はらみねあき》、弁護士の宮下誠二、そして刑事の近藤卓造と溝畑三男《みぞばたみつお》である。

そして、池永と宮下、岡裁判長には×印を足した。

「岡裁判長は病気で亡くなっている」

「裁判関係者に怨みを持っているとすれば、阪田と、池永の関係者……」

鷹山が考えるように呟いた。

「となれば、狙うのは原検事、溝畑さん、それに……」

鷹山が一瞬言いよどみ、

「近藤課長です」

と言った。

7

「変わってないのね」

武藤真紀は取調室を見回して呟いた。

四畳半ほどの室内にスチールのテーブルと対面用の椅子が数脚、調書を記録するデスクがひとつ。そして、鉄格子のついた小さい窓が壁の高い位置にある。

五年前、海老沢が生死不明となったあと、真紀はここで鷹山と大下からいろいろと取り調べを受けたのだ。

「居心地をよくすると、自白してくれなくなるからな」

鷹山が真紀の前の椅子に腰を下ろした。

コーヒーを持ってきた大下が、紙コップを真紀の前に置いた。

「ブラックだったよな」

「覚えていてくれて嬉しいわ」

「女性の好みを覚えるのが得意なんだ」

パイプ椅子を引っ張ってきて鷹山の横に座った。

「海老沢を何処に連れていった？」

鷹山が単刀直入に聞いた。

真紀は紙コップのコーヒーを一口飲み、

「コーヒー豆を替えたのね。前よりいい味だわ」

と、大下に言った。

「これ以上、海老沢に殺しをさせたくない」

鷹山は真紀の目を見つめた。

「あたしは暴行行為で逮捕されたのよ。その取り調べをして」

「海老沢は誰に雇われてる」

鷹山はかまわず続けた。

「次に狙っている人間は誰だ」

真紀は答えない。

「人が殺されてもなんとも思わないのか」

真紀は紙コップを口に運ぶ。

「話を変えよう」

鷹山は溜息をついた。

「何で海老沢なんかを好きになったんだ」

真紀の表情が僅かに動いた。

「あなたがあたしを振ったからよ」

鷹山が溜息まじりに笑った。

真紀はまたコーヒーを飲んだ。

鷹山と真紀の間に敵対的な沈黙が流れている。

大下がそれを振り払うように、

「港署ブレンドのおかわりは？」

と、真紀におどけて言ったが、彼女は無反応であった。

内線電話が鳴り、大下が出た。

「町田です」

町田は本牧のガソリンスタンドの電話からかけている。

真紀の車から見つけた領収書のガソリンスタンドで、本牧の山手警察署から元町に抜ける山手隧道《ずいどう》、通称、山手トンネルに向かう途中にある。

「ガソリンを入れたときは真紀ひとりだったそうですけど、その二十分前にスタンドの前を彼女の車が通ったとき、助手席に男が乗ってたそうなんです」

「よく覚えてたな」

「スタンドの前が信号で、真紀の車が停まったそうで」

町田はリーゼントのチャラい店員を見て声を落とし、

「スタンドの若いやつが女好きで、覚えていたようです。それで」

声のボリュームを戻し、

「助手席の男は顔をしかめて具合が悪そうだったそうで……」

と言った途端、大下が、

「そこで待ってろ」

と言って電話を切った。

鷹山も状況を察して大下を見た。

「町田と合流するから、ここよろしく」

鷹山が頷き、大下が取調室を出た。

「ねえねえ、大下さん」

出口に向かう大下に薫がくっついてきた。

「近藤課長が狙われてるってホントなの？」

「課長もああ見えてモテるからな。狙ってくる女のひとりや二人はいるだろ。俺たちと一緒で」

足早に出ていった。

「もう！」

捜査課にいる吉井、田中、吉田、谷村を見たが、吉井が迷惑そうに、

「まだそうと決まった訳じゃないから、言いふらすなよ」

と、注意した。

「近藤課長が殺されでもしたら送別会はどうなるのよ。幹事のあたしの努力が無駄になるのよ」

吉井たちが呆れ返ったところに、デスクにいた近藤が声をかけた。

「ちょっとこっちへ来てくれ」

吉井たち四人がデスクに来たところで、近藤が小声で言った。

「真山君は相手にするな」

「常々そう思ってます」

吉田が頷いた。

「溝畑さんとは連絡がつくんですよね？」

吉井が近藤に尋ねた。

「溝畑はまだ寿南署にいるから、私が連絡を取る」

「仮釈の阪田と原検事には我々が当たります」

「頼む」

吉井たち四人は出口に向かった。


「オオ、カッケー！　レパードじゃん！」

ガソリンスタンドの前で停まった覆面パトカーを見て、リーゼントの店員が駆け寄った。

「俺たちに逮捕されれば乗れるからな」

と町田が店員に言って、助手席に乗り込んだ。

同時に大下が車をスタートさせ、急にＵターンし、わざと車の尻を振ってタイヤを軋《きし》ませて走り去った。

「サイコー！　オマワリ、サイコー!!」

それを見たリーゼントが絶叫した。

「単純なやつ」

興奮して飛び跳ねているリーゼントをルームミラーで見て、町田が苦笑した。

「で、どうするんですか？」

「いまのスタンドから車で十分以内にある闇医者を捜す」

スタンドの前を通ったときに助手席にいた海老沢は、二十分後にガソリンを入れにきたときにはいなかった。ということは、スタンドから十分以内のところに海老沢を降ろした、ということである。

「海老沢はＥＭクラブで怪我をしている可能性が高い。ってことは医者だ。マトモな医者なら警察に連絡する。海老沢は保険証なんか持ってないだろうからな」

「でも、いるんですか、闇医者なんか？」

まともな病院に行けない患者を診《み》る闇医者は存在している。

主に暴力団関係者などが利用しているのだが、医師免許を持たないか、もしくは失効している人間がやっている違法な闇医者と、町医者が裏で一般の患者とは別に診る一見合法な闇医者とに分かれる。両方とも高額の治療費を取って危ない橋を渡っているのだ。


「ちょっと待ってくれ」

覗き窓から大下と町田を確認した『ＬＥＳ』の赤松が、ドアのロックを外した。

「早く入ってくれ。あんたらにウロチョロされてるのを見られたらヤバい」

大下と町田を店内に入れ、またドアをロックした。

「休んでるのか？」

カウンターに向かいながら店内を見た大下が尋ねた。

床やテーブルを掃除した気配がない。

「あんたらが来てから客足がぱったりだ。やってても無駄だからな。で、何だ？」

「ここから十分以内にある闇医者を教えてくれ」

赤松はカウンターの中に入ってガス台で火をつけ、それで煙草に火をつけた。

「カンベンしてくれよ。あんたらに踏み込まれて潰されちゃあ、利用してる連中から命を狙われる」

「海老沢絡みだ。署で聞いてもいいんだけどな」

赤松は煙草を吹かし、溜息まじりに考えてメモとボールペンを取った。


「ちょっと待ってくれ」

取調室の電話に出た鷹山がメモを手に取った。

電話の相手は『ＬＥＳ』にいる大下である。

「言ってくれ……井上医院」

鷹山はメモしながら真紀の様子を窺った。

真紀はちらっと鷹山を見ただけで反応はない。

「望月《もちづき》……」

と、鷹山が言ったとき、真紀の顔が一瞬驚いたように動いた。

鷹山はそれを見逃さなかった。

「……診療クリニックか」

真紀が動揺を隠すように顔を背《そむ》けた。

「そこで決まりだ。一度戻ってきてくれ」

と言って電話を切り、真紀に立つよう促した。

「ルームサービスはないが、しばらく個室で休んでいてくれ」


望月診療クリニックは石川町から阪東橋へ向かう路地の奥にある。

このあたりは寿町のドヤにも近く、山下町や元町といった横浜を象徴する雰囲気をもつ地域とはちょっと違っている。健康保険証を持っていなかったり、組関係で一般の病院には行けない人間もおり、望月診療クリニックはそういう患者を多く扱っていた。

木造の古い自宅が診療クリニックを兼ねており、看護師などもおらず、望月がひとりで患者を診ている。一階が診察室、手術も兼ねた処置室、そしてベッドがひとつだけの病室になっており、二階が望月の居室である。独り暮らしの望月にとっても訳ありの患者にとっても、都合のいい診療所なのだ。

海老沢は一階の病室にいる。

ＥＭクラブで鷹山たちに落とされた照明機材を吊るすバトンが右肩に当たり、激痛で右腕が上げられないほどになっていた。

「右の上腕骨が折れてるよ。手術するかい？」

昨日、真紀の車でここへ来て、レントゲンを撮ったあとに望月が尋ねた。

「応急処置にしてくれ。二、三日動ければいい」

望月はこういう注文には馴れている。ここへ来る訳ありの患者たちは、それぞれに犯罪絡みの事情を抱えているからだ。それを承知のうえで治療や処置をするから、税金のかからない高額な治療費を懐に入れることが出来るという訳だ。

望月は骨折している腕に局所麻酔を射《う》ち、骨をまっすぐに伸ばしたあと、ポリエチレンと塩化ビニールで出来ているアームプロテクターで上腕部を固定した。上腕部を持ち上げるには左手を添えなければならないが、右手の肘《ひじ》から下は曲げることも出来るし、手首や指は何の支障もなく動かせる。

これなら何とか仕事ができる、と海老沢は思った。

海老沢は痛み止めのモルヒネを右腕に注射してもらい、一晩、望月の診療所に入院したのだ。

そして今日、真紀が迎えにくる予定になっていた。

だが、彼女から連絡がないことで、海老沢は状況を察していた。何しろ相手が鷹山と大下なのである。

何かあった場合のことを考え、海老沢は入院用の病衣を着ず、着衣はここへ来たときのままで病室で過ごしている。ハンドガンも真紀のショッピングバッグに入れ、身近に置いている。

真紀のショッピングバッグを持った海老沢が病室を出ようとしたとき、廊下で電話をする望月の声が聞こえ、ドアノブにかけた手を止めた。

「おまえたちが捜してるヤツに間違いない」

海老沢の顔が強張った。

「判った。引き止めとく」

受話器を置く音とスリッパの足音が診察室に消えたのを確認し、海老沢は病室を出た。古い木造の廊下は歩く度《たび》に音がする。診察室の望月にも聞こえているはずだ。

「どうした？」

診察室に入ってきた海老沢を望月が見た。海老沢は無言で薬が入っているガラス瓶が並ぶ棚に向かい、モルヒネの小瓶五個をショッピングバッグに入れた。

「何してるんだ、あんた！」

望月が机から立ち上がった瞬間、海老沢の左手に握られたM29が目に飛び込み、躰が凍りついた。

「誰に電話したんだ」

M29のハンマー（撃鉄）は起こされている。

「俺のことは知ってるんだろ。正直に話したほうがいい」

銃口がゆっくりと動き、望月の顔前で停止した。

「都橋、興業……」

横須賀のホテルで海老沢が射殺した栗崎が所属している、銀星会の残党の組織である。

「そこが俺を捜してるのか」

望月は極度の緊張で唇が震えるだけで言葉が出ない。

「チクっていくらになるんだ」

そう言いながら海老沢は棚にあるラジオのスイッチを入れ、スピーカーから八代亜紀の「舟唄」が流れだした。

海老沢がラジオのボリュームをどんどん上げていくのを見て、望月は何秒か後に自分がこの世から消える運命であることを悟った。

鷹山と大下、そして町田が乗った覆面パトカーが望月の診療所の前に停まったときには、もう八代亜紀の歌声は聞こえず、路地の生活音だけが聞こえていた。

一戸建ての民家を診療所にしているため、玄関がクリニックの入り口になっていて、正面から見て左側にある狭い庭に面して診察室がある。

覆面パトカーの中から鷹山たちはそれを確認した。

「どこから行きたい、トオル？」

鷹山が尋ねた。

「あ……できれば正面から」

「じゃ、裏に回れ」

「なに、ソレ」

「正面は俺とユージで行く」

「俺より年上になったら正面から行っていいぞ、トオル」

大下が銃の弾丸を確認して車を降りた。

「一生無理でしょ、それじゃ」

町田が溜息をついて降りた。

鷹山も降り、町田が裏に、鷹山と大下が玄関に向かった。

鷹山と大下は玄関前で耳をすませ、中の様子を窺ったが、物音ひとつしない。

鷹山が怪訝そうに大下を見たとき、大下は小鼻を動かし、真顔になった。

「どうした？」

「……臭いがするんだ」

「？」

大下が鷹山を見て言った。

「銃の火薬だ」

「！」

大下は家の中から物音がしないことを確認して玄関のドアを開け、銃を引き抜いて中に入っ

た。

そのあとを鷹山が続く。

確かに家の中には火薬の匂いが漂っている。銃を発砲したあとの硝煙《しょうえん》の匂いに間違いない。

「タカ！」

廊下から中を覗いた大下が、そして鷹山が診察室の中に入った。

「何てこった……」

望月は心臓を撃ち抜かれ、床に倒れて絶命していた。

「……海老沢の野郎」

望月の射出創、つまり弾丸が体内から飛びだした傷口がかなり大きいことから、大型拳銃で至近距離から撃たれたことが判る。

つまり、海老沢のＭ29ってことだ。

「火薬の匂いが消えてない。そんなに時間は経っていないな」

大下が診療所の窓から外を見つめた。

「捜そう」

鷹山と大下が廊下に出たとき、病室から町田の声が聞こえた。

「先輩。ボク、まだ裏にいていいんですか」

「ウチの署の連中が来るまで中で休んでていいぞ」

鷹山はそう言って玄関に向かった。

「やった！　遠慮なく休ませてもらいます」

病室の窓が開く音と、町田が窓から入ろうとする音が聞こえた。

今度は大下が言った。

「院長が殺されてる。あんまりいろんなところを触るんじゃないぞ」

その途端、病室から町田が床に尻もちをついた大きな音が聞こえた。


「また殺人ですか!?」

覆面パトカーの無線から、無線室の良美の驚いた声が響いた。

「またってことはないだろ」

車の外から無線のマイクを持っている大下が舌打ちした。

「あ、失礼しました。課長にすぐ連絡します」

良美の気まずそうな声で無線が切れた。

「ユージ」

周囲を鋭い目で見ていた鷹山がある一点に目を留めた。走ってくる車の音がするのだ。

大下もそちらを見たとき、横道に車が停まる音がして、数人の足音が聞こえた。

「お客さんかな」

大下がショルダーホルスターの拳銃に手をかけた。

車をクリニックから離れた場所に駐めたのには訳があるはずだ。それに、車を降りる足音で尋常な相手ではないことが判る。相手の殺気はちょっとしたところに出るし、常に戦ってきている者はそれを敏感に感じ取ることが出来る。

鷹山と大下は覆面パトカーを楯にするようにして立ち、相手が現れるのを待った。

「誰だと思う？」

鷹山が煙草を咥え、どぶ板で買ったロウマッチを靴の踵《かかと》で擦り、火をつけた。

大下も鷹山のマッチの残り火で煙草に火をつけ、

「結構な人数でここに来るのは海老沢狙いだろ。てことは、成島を殺された銀星会の生き残りの皆さんだな」

「さすが相棒」

前方から現れた黒い背広姿の五人の男たちを見た。

「いかにも、ってカッコしすぎだろ」

大下が苦笑したとき、五人の中央にいた厳《いか》つい男、中谷《なかたに》が鷹山と大下に気づき、顔を強張らせて足を止め、踵を返そうとした。

「久しぶりだな中谷」

鷹山が声をかけて中谷たちを立ち止まらせた。

「恰幅《かっぷく》がよくなったじゃないか」

「あんたたちの世話になってないからな。食生活が乱れるんだ」

と、他の連中を促し、戻ろうとした。

「特に左胸が膨らんでるな」

大下も言った。

その声に中谷がギクッとして一瞬立ち止まった。背広の下に銃を隠し持っていることを大下に見抜かれたからである。

「この診療所に用があるんだろ」

鷹山はいつでも銃を抜けるように、煙草を左手に持ち替えた。

「道に迷っただけさ」

中谷は男たちを促し、来た道を戻っていった。

「どうする？」

大下が鷹山を見た。

「今日は見逃そう。俺たちの狙いは海老沢だ」

中谷たちが横道に消えたのを確認して、鷹山は煙草を右手に戻した。

中谷たちの車のエンジン音が聞こえたとき、診療所の中から町田の声がした。

「タケ！」

反射的に鷹山と大下が診療所に駆け込むと、町田が暴れるタケこと水口武雄の右手首を摑み、廊下に抑えつけていた。

タケの右手には横須賀のホテルのときと同じトカレフが握られている。

「離せよ、町田！」

「おーおー上等じゃねえか、呼び捨てか、タケ！」

「海老沢殺《や》んなきゃいけねーんだからよ！　邪魔すんな！」

大下がタケの手からトカレフを取った。

「海老沢はここにはいない」

鷹山が診察室を見るようにタケを促した。

望月の射殺体を見たタケの顔から血の気が失せ、吐物《とぶつ》が町田のズボンにぶちまけられた。

8

伊勢佐木町の先に〝ハマの日本橋〟と呼ばれている料亭街がある。伊勢佐木町の奥座敷的なところで、数軒の料亭とここを仕切るヤクザの賭場があって、バタ臭い横浜とは別の顔をもつ一画であった。だが、それも昔の話で、いまでは料亭の数も減り、賭場も警察の度重なる取り締まりで消滅していた。

寂《さび》れたその姿は夜になると顕著になる。

店の明かりがなくなれば、街路灯がこの町の唯一の光源になるからだ。だが、今日は路地の奥に赤い色が点滅している。

古い平屋の日本家屋の前に寿南署の覆面パトカーが停まっているからだ。

家の電気はついているが、人気《ひとけ》は感じられず、室内から小さく電話のコール音が聞こえている。

玄関の前にいた寿南署の溝畑三男が電話のコール音が途切れたところで振り向いた。

近くにある公衆電話ボックスから電話を切った同僚の石井《いしい》刑事が出てきて、小走りで溝畑に近づいた。

「おかしいですよね、溝畑さんにすぐ来てほしいって電話かけてきたのに」

溝畑は署の刑事課の係長をしているが、近藤卓造の下についていた頃は剛腕として知られていた刑事である。何かおかしいと気づいていた。

「玄関開けろ」

「鍵かかってましたけど」

「壊していい」

溝畑が石井に命じたとき、覆面パトカーの無線が鳴った。

「ハイ、石井です」

「溝畑係長はいらっしゃいますか？」

寿南署の無線係の女性の声だ。

石井が差しだしたマイクを溝畑が取った。

「溝畑だ」

「港署の近藤課長からですが」

溝畑は一瞬考え、

「署に戻ったら電話すると伝えてくれ」

と言って、無線を切った。

近藤の定年退職は知っていたので、多分そのことだろうと溝畑は思った。

近藤のことより、いまはこの家の主である宮川《みやがわ》のことが気になっていた。溝畑が情報屋として使っていたのが宮川なのである。だから、宮川からの電話は放っておけないのだ。

覆面パトカーからバールを掴んだ溝畑が玄関に向かった。

「俺がやりますよ」

石井がバールを受け取った。

「緊急に伝えたいことがあるんだ。溝畑君の命にかかわる問題だ」

近藤卓造の真剣な口調に寿南署の無線室の女性警察官は驚いたように、

「お待ちください。もう一度連絡してみます」

と、答えた。

石井の持つバールが宮川の家の玄関の引き戸に挿し込まれ、鍵が壊れた。

そのとき、覆面パトカーから無線のコール音が聞こえたが、石井は無視して引き戸を開けた。

その瞬間、家の中からM29の大砲のような銃声が響き、腹部を撃ち抜かれた石井が後方に吹っ飛び、絶命した。

愕然とした溝畑の視界に、家の中でM29を構えた海老沢の姿があった。それが溝畑の網膜に残った最後の映像になった。


溝畑と石井の遺体は寿南署に運ばれ、そこで検視をうけた後に大学病院で司法解剖される。

鷹山と大下は寿南署の地下の廊下にいる。六月とはいえ深夜の地下の廊下はひんやりする。二人は咥えた煙草の火にときたま掌《てのひら》を近づけ暖をとっている。

「十五年前の事件の関係者で残っているのは仮出所した阪田、原検事……」

「そして近藤課長だ」

鷹山が溜息まじりに呟いた。

「問題は海老沢を雇ったのは誰かってことだ」

大下の言葉のあと、二人はまた沈黙した。近藤が海老沢のターゲットになっていることが二人の気持ちを重くしている。

そのとき、階段を降りてくる足音が聞こえ、瞬間的に鷹山と大下の手が銃に動いた。

「どうした？」

階段を降りてきたのは吉井刑事であった。鷹山と大下の手が銃にあるのに気づいたのである。

「別に」

大下が無理に笑って答えた。

「課長は？」

鷹山が霊安室を指さした。

吉井は頷き、

「一ヵ月前に仮出所した阪田の行方《ゆくえ》が判らないから、そっちは俺たちが当たる。おまえたちは課長のガードを頼む」

「原検事は？」

鷹山が訊ねた。

「研修でニューヨークに行っていて、あと半年は日本に戻ってこない」

鷹山と大下が頷いたとき、霊安室のドアが開き、苦渋の表情の近藤が出てきた。

「しばらくは我々が課長をガードします」

鷹山が言い、大下も続けた。

「港署にスイートルームを用意しましたから、海老沢をパクるまではそこで寝泊まりしてください」

「海老沢を雇ったヤツを捜し出せ」

厳しい表情で近藤が言った。

「海老沢をパクっても事件は解決しない」

翌日の港署はどこか重苦しい雰囲気に包まれていた。

海老沢による殺人事件が続いているうえに、次のターゲットが近藤課長であることが確実になったからである。

いつもなら颯爽と港署に現れる松村課長も心なしか浮かない表情だ。

「近藤課長は？」

電話をしているとは気づかず、デスクに向かいながら薫に言った。

「で、いつまでなのよ」

薫はデスク用のカレンダーを睨みつけるように見て電話をしている。

「二日前ったら明日ってことじゃない。あ、そう。判った。もうあんたんトコ使わないからね」

近藤課長の送別会の予約先と電話していることはミエミエだ。

「ウチは退職ばかりじゃなく殉職《じゅんしょく》ってのもあるんだからね。送別会やお別れの会は山ほどあるんだからさ」

こりゃ駄目だ、と松村が溜息をついたところにお茶と和菓子を載せたお盆を持った瞳が、松村に声をかけた。

「おはようございます、松村課長」

「どうしちゃったの、今日は」

瞳と無線室の河野良美以外、捜査課には誰も出勤していないのだ。

瞳は言いにくそうに小声で、

「みなさん、課長のスイートルームのほうに」

「なるほどね」
松村は瞳が持っているお茶と和菓子のお盆を受け取った。

近藤のスイートルームとは、港署の三階にある小会議室のことである。
海老沢の次のターゲットが近藤だと目星をつけたことで、鷹山や大下を中心にした港署捜査課が近藤を守る態勢を取った。まず自宅から署までの移動が危険であるため、港署三階にある小会議室にベッドなどを持ち込み、近藤の宿泊部屋プラス捜査課のアネックスを作ってしまったのである。

この隣に大会議室もあるのだが、そこは窓が広いために外部から様子を窺われる可能性があり、海老沢が狙撃用のライフルを持っていれば簡単に狙われてしまう。小会議室にも窓はあるのだが、小さく、それも明かり取りの小窓なために外部から室内を見ることは出来ないので、居住性より安全性を取って小会議室にしたという訳だ。

署の保健室から持ってきた簡易ベッドに座った近藤が、不満そうに鷹山と大下を見た。
「何としても海老沢のヤマにケリをつけて退職したい。あと三日だ」

「課長の気持ちは判りますが」

鷹山がいつになく厳しい表情で近藤を見つめた。

「いままでの相手とは違います。我々に任せてください」

「これだけは別だ」

そう言った近藤の顔つきに、鷹山と大下はいままでにない決意と覚悟を感じ取った。と、同時に、近藤を暴走させる訳にはいかないと思った。

いまでこそ鷹山と大下は「あぶない刑事」と言われているが、じつは二人は二代目の「あぶない刑事」であり、初代は若き日の近藤卓造その人だったのである。

検挙率は抜群だったが、枚挙にいとまがないほどの暴走行為に手を焼いた県警本部の幹部連中が、近藤を港署の捜査課長に異動させたのだ。表向きは栄転だが、直接現場に出ることのない管理職に祭り上げたことで、県警の幹部連中は自分たちの保身を図ったということである。

ところがである。そのおかげで近藤卓造をさらに超える「あぶない刑事」が誕生してしまったのだから世の中は面白い。

近藤は自分がそうであったから鷹山と大下の気持ちはよく判る。二人が起こす諸々の問題を処理し、県警の防波堤になってバックアップしてきたのである。

顔を合わせれば文句ばかり言っている近藤が、裏に回れば自分たちを護《まも》ってくれていることを鷹山と大下も判っていた。だからこそ近藤を海老沢から護りたいと思っているのだ。

「今回だけは我々の言うことを聞いてもらいます」

大下の言葉にも近藤は首を縦には振らなかった。

そんな膠着《こうちゃく》状態が続いたとき、リズミカルにドアがノックされた。

それで緊張感が解《ほぐ》れ、大下がドアを開けると、まるでアメリカンダイナーのウェイトレスのように三本の指でお盆を持った松村が入ってきたのである。ちょっと違うのは、お盆の上に載っているのがコーヒーカップではなく、湯呑だということだ。

「お茶をお持ちしました、近藤課長」

有無を言わさず近藤に日本茶の入った湯呑を握らせ、室内を見まわした。

「素敵なお部屋じゃないですか、近藤課長」

味もそっけもない部屋なのだが。

「あたしもここに移ってこようかな」

「いや、そりゃマズいですよ、松村課長。狭い部屋に二人では。ベッドもあるし」

真に受けた近藤が狼狽《ろうばい》して言った。

「いいじゃないですか、二日くらい」

近藤に笑いかけ、鷹山と大下にウィンクした。

そのウィンクの意味を鷹山と大下は瞬時に理解した。

近藤課長のことは私が見ているから捜査に行きなさい、と松村は言っているのだ。

鷹山と大下は小さく笑って意味を理解したことを松村にそれとなく伝え、部屋を出た。

9

海老沢はいったい何処に潜んでいるのか。

捜査課の蛍光灯をつけながら大下はそれを考えていた。

外はもう暗くなっている。まさか野宿する訳にはいかないだろうし、ホテルなどの宿泊施設には手配書が回っているので出入りは無理だろう。となれば知人関係だが、武藤真紀はいま港署にいて鷹山が取り調べている最中だし、彼女のマンションは横須賀の警察が押さえている。

「コーヒーいかがです？」

考え込んでいる様子の大下に瞳が声をかけた。

捜査課にいるのは大下と瞳の二人だけである。二つある取調室は鷹山が真紀の、町田がタケの取り調べに使っているし、吉井、田中、谷村は一ヵ月前に仮出所した阪田幸雄の行方を調べに出ている。近藤と松村はスイートルームだし、薫は明後日の近藤の送別会のことで外出していた。

「サンキュー」

瞳からコーヒーの紙コップを受け取った大下は、そのまま鷹山と真紀の取調室に入った。

「デリカートに行きたいわ」

「最近行ってないな」

「横須賀に行く前は週に二回は行ってたの」

「あそこのハンバーグはハマで一番さ」

大下はそう口を挟んで、二人から少し離れたところに折りたたみのパイプ椅子を広げて腰を下ろした。

『デリカート』は大桟橋通りのビルの地下にあるアメリカン・レストランである。

広い階段を降りていくと、その途中に五〇年代のニューヨーク・ヤンキースの選手のパネル写真が飾ってある。店内は広いがあまり飾ってはおらず、アメリカのダイナーによくあるビニールのテーブルカバーを被せた大きめのテーブルがいくつか、ゆったりと置かれているだけだ。

フロアは中年のママが受け持ち、カウンターの奥の厨房にはちょっと猫背で大柄な初老のアメリカ人が料理を作っている。二人は夫婦なのだが、大柄なご主人がじつは昔ニューヨーク・ヤンキースの選手だったのである。だから階段の途中にヤンキースの選手のパネルを飾っているのだ。

いかにもアメリカンというメニューのなかでも特にハンバーグが絶品で、これを目当てに通ってくる常連も多い。鷹山と大下もそうで、武藤真紀も馬車道の『ルピン』に勤めていた頃、頻繁に通っていたのだ。

デリカートが入っているのは船舶関係のビルで、飲食店が入るような雑居ビルではない。おまけに小さなスタンドの看板が表に出ているだけなので、観光客やデートで横浜に来たカップルには入りにくく、客は顔なじみの常連ばかりである。だから、鷹山たちには行きやすく、ハンバーグを食べながら仕事の話もできるのでよく通っているのだ。

「海老沢のカタがついたら連れていくよ」

鷹山が言った。

「カタがつかなくても自分で食べに行くわ」

「そうならないのは判ってるだろ」

そんなことは真紀も判っている。この二人は別の理由をつけて今度は本当に逮捕するに決まっているからだ。

「海老沢がどこに潜ってるか話してくれれば、すぐデリカートに行ける」

「話せばあなたたちの命が危なくなるわ」

「話してくれなければウチの課長が危ないんだ」

大下が飲み終えた紙コップを床に置いて言った。

「黙ってるってことは、海老沢の殺しを認めていることになるぞ」

鷹山の顔は追い込む刑事のものになっている。

「海老沢を止められるのは、真紀、おまえしかいない」

「無理ね」

真紀の顔がちょっと淋しげに歪《ゆが》んだ。

「海老沢が殺らなければ、他の殺し屋が殺るわ。だから彼は仕事を受けるのよ」

大下がパイプ椅子から立ち上がり、真紀に詰め寄った。

「海老沢を雇ったのは誰だ」

「知らないわ」

「そいつがやめろと言えば、海老沢は殺しを中止するんだな」

鷹山が続けた。

「依頼主だから、そうなると思う」

「知ってるんだろ」

真紀は答えない。

「海外にズラかってた海老沢にその依頼主が連絡出来る訳がないだろ！」

大下も熱くなっている。何しろ、近藤の命がかかっているのだ。

「海老沢に繋げられるのはおまえしかいないんだよ、真紀」

デリカートのハンバーグのことなど、もう誰の頭からも消え去っていた。


車のルームミラーには路地から小走りに来る谷村と、倒れたままのチンピラの姿が映っている。

エンジンを止め、スモールライトと室内灯を消した覆面パトカーの中にいた吉井と田中が、後ろを振り向いた。

バックドアを開けて谷村が顔を出し、

「間違いないです。阪田幸雄は中谷たちが匿ってます」

と、三十メートルほど前方にある古い雑居ビルを目で示した。

都橋から黄金町に向かう途中にある四階建てのそのビルは、あまり大きくなく、かなり古い建物だ。入り口に小さく『都橋興業』というプレートがあるだけで、何の会社のビルなのかよく判らない。一階はガレージになっていて、大型の国産高級車が二台停められている。二階と三階は窓にブラインドが下ろされ、電気も消えたままだ。ただ四階だけがブラインドの隙間から灯が漏れていて、都橋興業が機能していることを窺わせている。

四階のブラインドが僅かに広げられ、男の目が周囲を窺うように動き、またブラインドがもとに戻された。

「サツの車ですね」

ブラインドを戻した男、桃井《ももい》が社長用のデスクにいる中谷を見た。

他にいる横山《よこやま》、丹下《たんげ》、佐野《さの》もみな望月診療クリニックの前に現れた男たちである。

八坪ほどの事務所に男たちのデスクと応接用のソファが置かれ、壁にはスケジュールボードが三枚ほど掛けられている。そこには横浜を中心に近県のバーやスナックの名前が書かれ、そこに派遣しているホステスの人数と名前、派遣期間が書き込まれている。

つまり、都橋興業は東南アジアの女性をホステスや歌手としてバーやスナックに派遣しているのだ。とはいっても、それは表向きの事業にすぎず、入国する彼女たちにコカインを運ばせて横浜の組織に流すのが本業なのである。

結局やっていることは銀星会の頃と変わってはいない。

中谷が舌打ちして、

「表のドアを閉めとけ」

と、ソファにいる佐野を見た。

頷いた佐野が百キロはある巨体を重そうに起こし、事務所を出た。

昭和に建てられた小規模のビルはエレベーターがないものが多い。このビルもそうで、巨漢の佐野にとっては階段の昇り降りは結構キツい。

「どうしよう、ナカさん」

覆面パトカーの中の吉井が田中を見た。

「何か理由がないと、踏み込んだところでお茶を出されて世間話してさ、じゃ、またいつでも寄ってくださいよ、そうだね、近くまで来たら寄せてもらうよ、お待ちしてます田中さん！　で、終わりだな」

「そうだよなァ……」

「ホントはお茶よりコーヒーのほうが好きなんだ。出してくれるかな、都橋興業は」

二人の話を聞いていた谷村が苛ついて、

「俺が暴れますから踏み込んでくださいよ」

と、吉井と田中に迫ったとき、覆面パトカーの横をハーレーダビッドソンが独特の排気音を響かせて通り過ぎ、都橋興業の前で停まった。

「鷹山……？」

バイクを目で追った吉井が呟いた。

「鷹山ならノーヘルだろ」

田中が続けた。

バイクを降りた男はフルフェイスのヘルメットを装着しているのだ。

男は左手でビルのドアを開けて中に入ると同時に、そこに置かれていたシャッターを下ろすときに使う鉄の棒を掴んだ。

重い躰を揺らしながら佐野が二階まで階段を降りてきたとき、下からシャッターを閉める音が聞こえてきた。

「……なんだ？」

途端にヤクザの顔に変わった佐野が足早に階段を降りていくと、ヘルメットの男がシャッターをロックし、さらにドアを閉めて内側の鍵をかけたところであった。

「何やってンだ、テメエ！」

佐野が突進したが男に躱され、ドアに叩きつけられた。さらに佐野が男に向かおうとしたとき、その眉間《みけん》にM29の銃口が押しつけられたのである。

「阪田はどこだ」

ヘルメットの中から海老沢が尋ねた。

「知らねえ」

ヘルメットの中の目を睨みつけたまま、佐野が答えた。

「俺のルールを知ってるか？」

「知るか」

「質問の答えは一度だけだ」

次の瞬間、海老沢の左手に握られていたM29が火を吹いた。

その銃声は廊下から四階の事務所にまで響き渡った。

反射的に中谷たち四人は机の下のガンロッカー、ソファのクッションの下、そして壁に掛かっている額の裏から拳銃を摑み取った。

ビルの外では銃声と同時に吉井と谷村が覆面パトカーを飛びだしてビルの入り口に向かい、田中が無線のマイクで叫んだ。

「都橋興業のビルで銃声！　至急応援頼む！」

都橋興業のビルの階段で銃撃戦が繰り広げられていた。

事務所を出た中谷たちが階段の上から拳銃を撃ち、下から海老沢がM29で狙いを定めて発射している。

恐怖から闇雲に撃っている中谷たちとは違い、海老沢はターゲットを決めてひとりずつ仕留めていく。

まず手摺《てす》りの陰から撃っていた丹下が手摺りごと撃ち倒された。M29なら木の手摺りなど打ち砕く威力を持っている。

ビルの中から響いてくる銃声に外の吉井たちも焦っていた。

「バール持ってこい、バール！」

吉井が谷村に叫んだ。

シャッターをこじ開けようというのだ。

「積んでないっすよ、バール！」

「じゃ、買いにいこう。一番近いホームセンターはどこだ？」

相変わらず田中は独自の思考回路で生きている。

「ぶっ壊しましょう！」

谷村が拳銃を引き抜いた。

「大丈夫か」

吉井はちょっと心配顔だ。

「部屋に踏み込むときも、ドア撃って壊すじゃないですか」

「ま、そうだけど……」

「電話帳でホームセンター探すか」

田中はぶつぶつ言いながら覆面パトカーに向かって歩きだした。

「谷村行きます！」

そう言うなり、シャッターの両サイドに向けて二発拳銃を発射した。

古い昭和のシャッターは鉄の棒を左右に伸ばし、両サイドの穴に棒を押し込んでロックするタイプが多く、これもそうなっている。なので、左右を壊さないと開かないのだ。

「完璧だ！」

喜び勇んだ谷村がシャッターを持ちあげようとしたが、開くどころかビクともしなくなってしまった。

「ロックの棒が潰れちまった」

溜息まじりに吉井が言った。

「あちゃ〜」

いつ戻ったのか、田中が馬鹿にしたように谷村を見た。

中谷、桃井、横山の三人は四階の事務所に駆け戻り、ドアの鍵をかけた。

それでも海老沢の銃弾はドアをぶち抜いて三人を狙ってくる。

「電気消せ！」

中谷が叫んで机の陰に飛び込んだ。

横山が室内の電気を切り、事務所内は暗闇に包まれた。

緊張と恐怖に震える中谷たちの耳に、階段をあがってくる海老沢の足音が徐々に大きくなって入り込んでくる。

中谷も銀星会にいた頃は武闘派と言われた男である。このまま海老沢に殺られる訳にはいかない。まだチャンスはある。M29の装弾数は六発だ。それを撃ちつくさせて、カートリッジをチェンジさせれば、そこに中谷たちの勝機が生まれる。

だが、海老沢にその作戦は通用しなかった。

突然、ドアが開くと同時に車の発炎筒が投げ込まれたのである。

発炎筒の炎と赤い煙に驚いて物陰から飛びだした桃井と横山がM29の餌食となって吹っ飛んだ。

その隙に中谷は事務所を飛びだし、階段を転がり落ちた。

何としても逃げたかった。

二階の踊り場まで転がり落ちたとき、中谷は愕然とした。

そこから見える一階の扉とシャッターの前で佐野が絶命していたからである。

そして次の瞬間、銃声と同時に銃を持っていた自分の右手首が吹き飛ばされてシャッターの前に転がっていくのが見えた。

「阪田はどこだ」

中谷はもう戦意を喪失していた。

「どうせ死ぬんだろ。顔も判らない野郎に殺されたくねえ」

階段を降りてきた海老沢がヘルメットをゆっくりと外し、その顔を中谷に向けた。

「質問の答えは一度きりだ」

海老沢がM29のハンマーを起こした。

中谷は海老沢を見て笑って言った。

「テメエで捜せよ」

M29の銃声が階段に響いたとき、二階の部屋の奥で物音がした。

それを海老沢が聞き逃すはずがなかった。


鷹山と大下のレパードが到着したとき、惨劇はすでに終わっていた。

吉井たちが近くのオートバイ屋から借りてきた工具でシャッターを壊してビルの中に入ったとき、その凄まじい惨劇に言葉を失った。

吉井も長く刑事を務めているが、これほどの現場は初めてだった。

吉井の案内で二階の部屋に入った鷹山と大下は、そこで射殺されている阪田の遺体を確認した。

ここは外国人ホステスを押し込めておく部屋になっていて、煎餅蒲団が積まれている。そこに寄りかかるようにして阪田は死んでいた。

背中から心臓を撃ち抜かれてそのまま蒲団の上に倒れたことは、貫通銃創と血の飛び散り方を見れば判る。背中の銃創が小さいので、ここが射入口。胸の銃創が大きいのでこっちが射出口。つまり、阪田が逃げようとしたところを海老沢が後ろから撃ったということになる。血も後方より前方に飛散していることも、それを裏づけていた。

二階の部屋を出た鷹山と大下は四階の事務所に向かった。

ここも悲惨な状態であった。倒れているデスクや応接用のソファはM29の弾丸で破壊され、その陰から流れ出た鮮血が床のタイルカーペットを赤く染めている。

二人はデスクとソファの陰で絶命している桃井と横山の死体を確認し、タイルカーペットの血が付着していない部分を注意深く歩いた。窓が開いているということは、海老沢はそこから逃走したに違いない。

「ここからズラかったな」

窓から下を覗いた大下が、近くの壁に設置されている雨水の排水パイプを指さした。

壁に靴跡がいくつか残っており、パイプが途中で折れているのだ。

鷹山も見て溜息をついた。

阪田が殺されたとなると、残っているターゲットは近藤課長だけなのである。

10

翌朝、近藤課長退職前日。

鷹山、大下をはじめ、捜査課の刑事たちはみな疲れきった表情で躰を休めていた。

鷹山は近藤のデスクの横にあるソファに深々と座ってコーヒーを飲み、大下は自分のデスクで煙草を吹かしている。吉井は今日も戻れないと家に電話をしているし、田中はデスクにうつ伏せになり、鼾《いびき》をかいて眠っていた。

無理もないことだ。昨夜はあれから徹夜で捜査に奔走していたからである。都橋興業のビルからの海老沢の逃走経路、そして海老沢が乗り捨てていったハーレーダビッドソンの持ち主の特定など、鑑識と情報を共有しながら捜査を進めた。

警察犬の追跡で、海老沢は雨水の排水パイプを伝ってビルを出たあと、大岡川沿いに逃走して福富町に入ったことまでは判った。そこで海老沢の匂いが途切れている。そこからは放置自転車に乗って逃走したと思われ、その行方は摑めなかった。

海老沢がビルまで乗ってきたハーレーダビッドソンは、ナンバープレートを外されていたので、持ち主を特定するのに朝までかかってしまった。本牧にある深夜営業のスナックの従業員のもので、黄金町のアパートから毎日通うのに使っていたものだった。店の裏手の路地に停めているものを盗まれたのに朝気づき、通報してきたのである。

「また本牧か」

大下が鷹山のソファに向かい、呟いた。

真紀が海老沢らしき男を乗せた車を給油したのも、本牧の手前のガソリンスタンドだった。

コーヒーを飲みおえた鷹山が立ち上がった。

言葉に出さなくても二人の考えることは同じである。本牧で海老沢と関係がある場所といえば、赤松のバー『ＬＥＳ』しかなかった。

「トオル」

眠そうな顔でトイレから出てきた町田に大下が声をかけた。

「課長を頼むぞ」

「え？」

「え？　じゃないんだよ。俺たちは出かけるから課長をガードしろって言ってるんだ」

「よかった。課長の老後の面倒を見ろって言われたのかと思った」

呆れ返った鷹山と大下が上着を摑んで捜査課を出ようとしたとき、ハイテンションの薫が出勤してきた。

「おっは〜！　今日もいい天気よ！　さ〜、明日は近藤課長の定年退職の日だからね。あ、そうだ。まだ送別会の会費もらってないヤツがいたんだ」

　少年課には行かずに直接捜査課に入ってきて、

「会費ちょうだい、一万円ずつ」

　鷹山と大下に手を差しだした。

「二重取りする気か、薫」

「詐欺容疑で逮捕するぞ」

鷹山と大下は呆れた顔で捜査課を出ていった。

「ちょっと、寝た振りしてないで一万円」

薫は反省の色なく、デスクで寝ている田中に向かった。


本牧の朝は遅い。

特にバーが点在している辺りは深夜営業の店が多いため、午前中は死んだような町になっている。赤松が経営する『ＬＥＳ』の辺りもそうだ。

鷹山と大下の覆面パトカーが『ＬＥＳ』から少し離れた道脇で停まった。

海老沢が『ＬＥＳ』の中に潜んでいるとすれば、周囲の音には敏感になっているはずだ。店の前に覆面パトカーを停めれば、その音だけで臨戦態勢になるだろう。

「居るとすれば二階だろう」

覆面パトカーから『ＬＥＳ』を見た鷹山が言った。

一階が店舗で二階が赤松の住居になっている。もし海老沢が潜んでいるとすれば二階の他は考えられない。

大下が二十五セントコインを取りだし、指で弾いてそれを掴み、手の甲に置いた。

「裏」

鷹山が言った。

「じゃ、俺が表だ」

大下がコインを伏せた手を外すと、ジョージ・ワシントンの横顔が見えた。

つまり、表である。

「俺が表だから、タカが裏だ」

二人は覆面パトカーを降りて『ＬＥＳ』に向かった。

「ケリをつけようぜ」

つまり、海老沢を殺すということだ。

「勿論、その気だ」

そう言って、鷹山は裏手に向かった。

——ツイてないな。

歩きながらそう思った。

ツキって奴はじっとしているのが嫌いなようで、いつも動いている。そのツキをいかに摑むかで人生が変わったりするのだ。成功する奴とは、ツキが自分に来たときに勝負に出られる人間なのだ。

だから鷹山はツキを大切にしている。

コイントスは単純にツキが判るものだ。それに負けたのが気になった。こういうときはより注意深くなる必要がある。

赤松の店の裏路地に入った鷹山は、『ＬＥＳ』の狭い裏口と二階の住居の窓を見た。裏口には窓はなく、二階の窓はカーテンが引かれていて電気も消えている。だが人の気配がないからといって油断は出来ない。

鷹山は煙草を咥え、横須賀のどぶ板で買ったロウマッチを取りだした。

店の前に立った大下は、耳搔きのようなピッキング工具をポケットから取りだし、それをドアの鍵穴に挿し込み、二度三度と動かしてドアノブを引いた。

静かに、ゆっくりとドアを開け、中の様子を窺う。

店内は暗く、人の気配はない。

ショルダーホルスターの銃を引き抜き、大下は店内に入っていった。

裏手にいる鷹山はロウマッチの箱を開けた。

マッチは最後の一本である。箱を捨て、ロウマッチを壁で擦ろうとしたとき、店内の物音にその手が止まった。

暗い店内の奥にある階段を降りてくる人影に大下が拳銃を向けた。

「撃たないで、くれよ……」

「赤松か？」

「……ああ」

その人影が答え、大下が銃口を外した瞬間、赤松が階段から突き飛ばされ、その後ろからM29を左手に握った海老沢が現れたのである。

「!!」

大下が物陰に跳ぶのとM29が発砲されたのはほぼ同時であった。

その銃声に路地の鷹山は裏口を開けようとしたが、ドアノブがついていない。この店は米兵が屯していた頃は不法ドラッグを提供していたので、警察に踏み込まれないために裏口のドアの外側にノブをつけていないのだ。

中の状況が判らないので、銃を撃って壊すことも躊躇《ためら》われる。路地から撃った弾丸が店内の誰かに当たってしまうかもしれない。

店内の大下はスチールのテーブルを倒してその陰に身を隠した。M29の弾丸だと木製のテーブルでは貫通してしまうからである。

赤松も大下の横に転がり込んできた。

海老沢は左手にM29を構え、右手にはゴルフクラブが数本入る練習場用のゴルフバッグを持っている。大下のテーブルに向けて一発M29を撃ち、裏口に向かった。

そして、一瞬考え、フッと笑って裏口のドアに向けてM29を撃った。

「!!」

海老沢の弾丸は裏口のドアを撃ち抜き鷹山の右脇腹を抉《えぐ》った。

鷹山は後ろに倒れながらドアに向けて続けざまに銃を撃った。

店内の大下は鷹山の銃声に思わず飛び出そうとしたが、海老沢はもう一発裏口のドアに向けて撃ち、壊れたドアを蹴破るようにして裏路地に飛びだした。

路地に倒れた鷹山にドアごとのしかかった海老沢は鷹山に撃つ間も与えず、右手の銃を蹴り飛ばし、後頭部にM29の銃口を押しつけた。

店から飛びだしてきた大下は凍りついた。

「銃を捨てろ、大下」

「撃て、ユージ!!」

鷹山が怒鳴った。

「俺の警告は一度だけだ」

海老沢は鷹山を引き起こして楯にするようにして言った。

「…………」

大下の顔が苦悩で歪む。

「気にするなよ、ユージ……撃つんだ」

そう言った鷹山は深い溜息をついた。

大下が銃を足元に置いたのである。

「赤松!!」

海老沢が怒鳴った。

店内から恐々出てきた赤松に、

「大下の腰から手錠を取って大下を鉄パイプに繋げろ」

言われたとおり、赤松は大下の腰から手錠を取り、大下の右手首と排水用の鉄パイプを繋げた。

それを見ながら海老沢はアメリカの警官が使っている両手親指を留めるビニール製のハンドカフを取りだし、鷹山の両手を後ろ手にしてその親指を縛りつけた。

「ポケットに覆面パトカーのキーがあるはずだ」

海老沢はもう一度、赤松に命じた。


「……なんだと」

スイートルームで吉井から報告を受けた近藤は愕然とした。

鷹山が撃たれて海老沢に覆面パトカーで連れ去られ、大下は路地の鉄パイプに手錠で繋げられている、というものであった。

大下の手錠の鍵は海老沢が持ち去ったために外すことが出来ず、赤松が港署に電話してきたのである。

海老沢が鷹山を拉致したということは、次に奴が打ってくる手は想像できる。

近藤は覚悟を決めた。


「どうしちゃったんですか、鷹山さん、大下さんともあろう者が」

大下の手錠を鉄パイプから外しながら町田が言った。

「上には上がいるってことだ。貸せ」

町田から手錠の鍵を受け取った大下が自分の手首の手錠も外した。そして、路地の隅に落ちていた鷹山の拳銃であるＭ５８６を掴み上げた。

「もう一丁は外に落ちてました」

町田が鷹山のバックアップ用のリボルバーＭ49ボディーガードを差しだした。

大下はそれを受け取り、町田とともに店内に入った。

「鷹山さん、ヤバくないですか」

大下は答えない。

「海老沢に……」

「判ってないな、トオル」

「え？」

「タカは人質だ。近藤課長を狙うためのな」

「でも、殺されるってことも……」

「海老沢はプロだ。金にならない殺しはやらない。ただ……」

町田が大下を見た。

「タカが逆らえば別だ」

町田が溜息をついた。

『ＬＥＳ』の店内では吉田が赤松を問い詰めている。

そこに二階から田中と谷村が降りてきた。

「海老沢は二階に隠れてたようだ」

田中がそう言って赤松に、

「宿泊料もらったのか？」

赤松は苦笑して肩を竦《すく》めた。

吉田が大下たちのほうにやってきて、

「海老沢の奴、赤松のチャカも持っていったそうだ」

「うそっ！」

町田が赤松を睨んだ。

「ここは米兵もよく来てた店だからな。飲み代の代わりにガバメントを置いていった野郎がいたらしい」

「逮捕だ、逮捕」

田中が谷村を促し、谷村が赤松に手錠を打った。

「……銃は三丁か」

大下が厳しい表情で呟いた。

海老沢が持っている武器はリボルバーのM29、ＡＲ－７ライフル、そして赤松のコルト・ガバメントである。

覆面パトカーは根岸森林公園の前を走りすぎ、根岸競馬場跡の近くにある廃屋のガレージの中に入っていった。

運転席から降りた海老沢がガレージのシャッターを下ろし、覆面パトカーのトランクを開けた。

「ここに押し込んだことは何度もあるが、押し込められたのは初めてだ」

トランクの中にいた鷹山がまず足をだして海老沢を促した。ハンドカフで後ろ手に留められ、両足はガムテープで巻かれているので、自分では出られない。

「パクられた側の気持ちが判ったか」

海老沢は鷹山をトランクから引きずりだし、覆面パトカーのバックシートに押し込んだ。

そして、無線のスイッチを入れた。

「港３０３聞こえますか。聞こえたら応答願います。港３０３」

無線室の良美の声が流れた。

海老沢はスイッチを切り、

「港署と連絡を取るのはこれが一番いい。いちいち電話ボックスに行く必要がないからな」

「俺を餌に課長を誘《おび》きだすのか」

「それで俺の日本での仕事は終わりだ」

「だったら早く港署に連絡したらどうだ」

「何事にも作戦が必要だ。ひとりで戦うゲリラ戦では夜が味方になる」

そう言って、助手席からゴルフバッグを摑み、中からＡＲ－７ライフルとマガジンを二つ取りだした。

そんな海老沢を鷹山は睨みつけた。

留置場のドアの開く音に、真紀が顔を上げた。

入って来たのは大下である。

「海老沢は課長を殺そうとしている」

真紀は答えなかった。

「タカを人質に取ったんだ」

真紀が驚いたように大下を見た。

「依頼主を教えてくれ。海老沢を止めるには依頼主から中止させるしかない」

真紀は考えるようにベッドから立ち上がった。

「ここから出して」

港署の裏手にある駐車場に、瞳が落ち着かない様子で立っていた。

足早に裏口から出てきた大下と真紀を見て、ほっとしたように駆け寄った。

「あの覆面パトカーを使ってください」

ブルーのレパードの覆面パトカーを指し、そのキーを大下に渡した。

「サンキュー」

大下は真紀を促して覆面パトカーに向かった。

「頑張って……」

走りだす覆面パトカーを見送り、瞳が小さく呟いた。

11

捜査課では吉井、町田ほかの刑事たちが電話にしがみつき、鷹山の覆面パトカー、港３０３の追跡に躍起になっていた。

横浜各署に連絡を取り、パトロール中の警官やパトカーが港３０３を目撃していないか確認している。また、県警を通して道路に設置されている交通情報カメラの調査を依頼していた。無線室の良美は港３０３への無線連絡を続けているが、返信はまったくない。

少年課の鈴江がそんな捜査課を見て、

「少年課でよかったな」

と、小声で薫に言ったが、薫は真剣な表情で机の時計を見て考え込んでいる。

時計は午後三時五十五分だ。

「ね、真山さん」

鈴江が声をかけたが、

「うるさい！」

と睨まれ、顔を背けた。

「しょうがない」

薫はそう呟いて受話器を取り、外線にしてナンバーをプッシュした。

「港署の真山で〜す。いつもお世話になってます。えっ、そう、明日の件よ。店長出して」


横浜の高級住宅地といえば山手である。

外人墓地や外国人の住居を改築したレストラン、資料館などが並んでいる観光地としての顔と、それほど派手さはないものの、高級な住宅が並ぶ住宅街とが渾然《こんぜん》一体《いったい》となっている。

大下の運転する覆面パトカーは山手十番館の前を走りすぎ、クラシックな診療所の角を左に曲がって住宅街に入った。

「覚えているのか」

運転しながら大下が言った。

「依頼者の身元は確認を取るわ。仕事が仕事だからね」

助手席の真紀は周囲を見ている。

「共犯だな。結構喰らい込むぜ」

それには答えず、

「その家の前で停めて」

と、前方の古いが瀟洒《しょうしゃ》な住宅を指さした。

覆面パトカーが門の前で停まり、大下と真紀が降り立った。

その家の門扉と玄関を見た瞬間、真紀の顔が失望に変わっていった。

表札がないのである。というより、表札を剥がした跡が残っているのだ。

「引っ越したのか」

大下も家の庭を見つめた。

庭はそれほど荒れていないので、引っ越して間がないということだろう。

「そうみたいね」

「名前は？」

「池永」

「池永!?」

「横須賀の店に電話をしてきて、一度店にやってきたの」

事件の流れがこれで読めた、と大下は思った。

「年齢は聞かなかったけど、かなりの高齢だったわ。杖もついていたし」

「どんなルートで真紀のところに来たんだ？」

「暴力団関係よ。そうじゃないと、あのひとのことは判らないわ」

「池永もそっちか」

「そうは見えなかったけど。会社の会長かご隠居さんって感じだった」

「いくらで受けたんだ？」

「金額は知らないわ。繋いだだけだから。信用させるために銀行の通帳を見せてくれて。数億の預金があったのよ」

「山手にこれだけの家を持っていれば、そのくらいの金はあっても不思議じゃないな」

「香港の連絡先の電話番号を教えたの。あとは受けるも受けないも、金額も海老沢次第だからね」

　大下は素早く覆面パトカーの無線を取り、

「大下だ。パパに繋いでくれ」

と、良美に言った。

「判った。山手の住所で池永を調べる」

港署の無線室で吉井はメモった住所を見ながら無線のマイクに答えた。

「時間がないから早めに頼むよ、パパ」

「判ってるよ」

吉井がメモを持って無線室から出てきたとき、厳しい表情の近藤とその後方から松村が捜査課に入ってきた。

「何ですぐワシに連絡しないんだ‼」

近藤がデスクに向かいながら怒鳴った。

「重大事だろ、鷹山が撃たれて拉致されたなんて！　吉井、ちゃんと報告しろ！」

「すいません。いま取り込み中でして」

吉井は逃げるように捜査課を出て資料室に向かった。

「田中！」

「あ、ちょっと腹の具合が」

田中はトイレに向かって駆けていった。

「大下はどうした？」

「捜査に」

町田が答えた。

「海老沢を雇った人物を捜し出そうとしているようです」

近藤が溜息をついたとき、すかさず瞳が日本茶の湯呑みをデスクに置いた。

「ありがとう」

近藤は瞳にそう言って湯呑みを口に運んだ。

元気のない捜査課の刑事たちを見て松村が声を張り上げた。

「みんな辛《しん》気《き》臭《くさ》い顔をしていないで元気を出しなさい！」

「ハイ！」

なぜか少年課から薫が声をあげていた。

松村が薫を見て溜息をついたとき、

「近藤課長!!」

無線室から良美が緊張した顔を出した。

その声に捜査課にいる誰もが緊張して良美を見た。

「課長に無線です」

「誰?」

町田が良美に尋ねた。

良美は首を振った。

近藤は厳しい表情で無線室に入り、マイクの前に立った。

町田たち一同は無線室の前に集まり、耳を澄ませた。

「近藤だ」

近藤がマイクに向かって言った。

「鷹山刑事を預かっている」

海老沢の声がスピーカーから流れた。

「近藤さん、あんたが引き取りにくれば、鷹山は返す」

「いいだろう。どこに行けばいい」

「課長、来る必要はありませんよ」

今度は鷹山の声が聞こえた。

鷹山は廃墟のガレージに停められた覆面パトカーのバックシートにいる。

「海老沢の狙いは課長ですからね。絶対来ないでください」

「鷹山刑事は脇腹からかなり出血している。早く病院で手当てをしなければ手遅れになる」

近藤をはじめ、港署の刑事たちに緊張が走った。

が、スピーカーから聞こえる鷹山の声は明るかった。

「血の気が多い質《たち》なんで、少しぐらい血が抜けたほうがすっきりするんで心配いりません。課長、来なくていいですからね」

「……タカさん」

鷹山の強がりが松村には泣ける。

「ひとりで来てくださいよ、近藤さん」

海老沢が続けた。

「誰かが一緒なら、鷹山刑事を殺します」

「判った。場所は？」

「また連絡します。すぐ出られるよう準備をしていてください」

無線はそこで切れた。

厳しい表情の近藤の前に松村が立った。

「あたしたちも行きますよ、近藤課長。海老沢には判らないようにバックアップしますから」

「これは私のヤマだ」

近藤はきっぱりと言った。

「海老沢とのケリをつけなければ、私の刑事人生は終われない」

「山手の家の持ち主は池永多一郎《たいちろう》、八十二歳。鉄骨輸入の大手、多一興産の元会長だ」

吉井が港署の資料室のデスクトップパソコンの画面を見ながら電話口で話した。

大下は山手の十番館近くに覆面車を停め、その横にある公衆電話ボックスにいる。

「よく資料があったね、パパ」

「池永は以前、数億の脱税でパクられてる。だから県警にかなり資料が残ってる」

吉井はパソコンを操作している女性警官に次のページに移るよう指示して、その画面を見た。

「奥さんは十年前に病死している。それから独り暮らしだな」

「子供は？」

「いない」

「刑務所で自殺した池永真一とはどんな関係なんだろう？」

「ちょっと待ってくれ」

吉井は画面をスクロールしてもらい、ストップをかけた。

「芸者に産ませた子供がひとりいる」

「それが池永真一か」

大下が間髪を容《い》れずに言った。

「そうだ」

吉井が答えた。

大下は事件が読めた。

「池永多一郎は資産家だから、顧問弁護士がついてるはずだ。大至急調べてくれるかな、パパ」

そう言って覆面パトカーの中にいる真紀にウィンクをした。


午後の六時に近づくと周囲が薄暗くなってくる。

ガレージの中はもっと暗くなっていた。

海老沢がゴルフバッグの中から取りだしたガーゼで鷹山の脇腹の傷を押さえ、包帯で腹部を巻いた。

「脇腹を弾丸が抉ってるから出血しているが、傷自体は大したことはない」

包帯を縛りながら海老沢が言った。

「馴れたモンだな」

鷹山が苦笑した。

「こういう仕事をしていると、多少の傷は自分で治す必要があるからな」

「なるほど」

「あくまでも応急処置だ。このままだと失血死する可能性はある」

「俺のことはいい」

鷹山は考えるように言った。

「取り引きしないか」

海老沢は鷹山を見た。

「仕事が終わったら、また海外へズラかるんだろ。このまま……つまり、近藤課長を狙わずに海外へズラかるんなら、見逃してやってもいい」

海老沢は答えない。

「俺がどうなったとしても、ユージがおまえを逃がしはしないからな」

「俺に指示出来るのは金を払った依頼主だけだ」

と、言って鷹山を見た。

「おまえじゃない」

その海老沢の言葉で鷹山の心は決まった——。

横浜の街は逢魔《おうま》が時に入っていた。

街の明かりが灯りはじめ、太陽の残光と絶妙なコントラストを示しはじめている。その中を疾走する覆面パトカーのパトライトは一際目立ち、走行車両がみな道を空けた。

横浜鎌倉線から関内駅前を左折した大下の覆面パトカーが、関内駅前にある近代的なオフィスビルの前で急停車した。

大下と真紀が向かったのは、そのビルの最上階にオフィスを構える宮坂《みやさか》法律事務所である。

「困ります！　ご予約のない方はお断りしています！」

事務所の受付の女性スタッフが中に入ろうとする大下を必死に止めた。

「緊急事態だ」

警察手帳を示し、真紀とともに事務所に入っていった。

事務所の中は広く近代的なスペースで、数人の弁護士が個々の案件の打ち合わせやら書類の整理にあたっている。

「宮坂弁護士に話がある」

大下が警察手帳を一同に示した。

デスクの並びから見て、この中ではトップであろう中年の弁護士・水上《みずかみ》が大下に近づいて、

「先生は打ち合わせで外出中です。ご用件は？」

「いますぐ会いたいんだ」

「それは無理です」

「無理でも会いたいんだ」

「警察の方でも、無理なものは無理なので」

大下は溜息をついた。このインテリ野郎と話していても埒《らち》があかない。

ショルダーホルスターから拳銃を引き抜いたとき、事務所の空気が一変した。

大下の様子を窺っていた弁護士たちは驚き、水上の顔が硬直した。

銃口を水上の眉間に押しつけ、大下が優しく言った。

「宮坂はどこだ」

港３０３のバックシートの鷹山はさすがに傷が痛み、顔が歪んでいる。

車が走る振動で傷の痛みが増し、出血も止まる気配はない。バックシートの床は鷹山の鮮血

で滑るほどだ。

廃屋のガレージを出た海老沢が運転する覆面パトカーは、根岸から産業道路に出て本牧方面に向かって走っている。

鷹山は苦痛の中で考えていた。このままでは近藤課長は海老沢に射殺され、自分もいつまで意識があるか判らない。

——何とかしなくちゃな。

状況が悪くなればなるほど燃えるのが鷹山敏樹なのである。

鷹山が考えているとき、覆面パトカーが停まった。

そこは本牧ふ頭のコンテナヤードである。

午後七時を回っているので、もうコンテナの陸揚げや移動は終わっていて人影もない。静寂の中で埠頭に打ちつける港の波音だけが響いている。

その音とバックシートから見えるコンテナで、鷹山はここが本牧のコンテナヤードであることを理解した。

運転席の海老沢は意識が朦朧《もうろう》となりかけているバックシートの鷹山を見て、助手席のゴルフバッグを摑んで車を降りた。

そして、ゴルフバッグからＡＲ－７ライフルとマガジンを二本取りだし、カートリッジが入っていることを確認して一本をライフルに装塡し、もう一本を覆面パトカーのバンパーの上に置いた。

鷹山は必死に躰を起こし、その様子を見ていた。M29が海老沢の背中のベルトに挿し込んであるのを確認したところで、またシートに倒れ込んだ。


ドイツ料理のレストラン『アルテリーベ』は日本大通りと本町通りが交差する角の、いまは使われていないクラシックなビルの一階奥にある。

本町通りに面しているトンネルのような入り口を入っていくと、ドイツ民謡の生演奏が聞こえ、横浜とは思えない異空間に入り込む。ドイツビールは勿論、料理も美味《うま》く、おまけにリーズナブルな料金なのでとても人気のあるレストランである。

弁護士の宮坂四郎は女子大学生と二人で、まるで恋人どうしのように談笑し、ビールを飲んでいた。

と、そのテーブルの前に立つ人影に宮坂がムッとしたように顔をあげた。

大下である。

「弁護士の宮坂さん？」

「何だ君は」

不愉快そうに尋ねた。

大下は警察手帳を示して連れの女性に、

「おじさんたちは大事な話があるんだ。席を外してくれ」

と、言った。

すかさず現れた真紀が、女性を引っ張るようにして別の席に移動していった。

「オイ！」

席を立とうとする宮坂をまた押し戻した大下は、いままで女性が座っていた宮坂の隣に腰を下ろした。

「男で我慢してくれ」

「私は弁護士なんだよ」

脅すように大下を睨んだ。

「俺は刑事だ」

上着を捲り、ショルダーホルスターの拳銃を示した。

宮坂は驚いたように目を泳がせた。このテのインテリには粗暴でいくに限る。

「時間がない。質問に答えろ。池永多一郎のことだ」

宮坂の表情が狼狽したように見えた。

やはり池永のヤバいことにも宮坂は首を突っ込んでいるようだ。

「池永が殺し屋を雇ったことを知ってるな」

宮坂は首を強く横に振った。その振り方が知っていることを物語っている。

「かなりの額で海外から殺し屋を呼んでいる。その金の経理処理はおまえがアドバイスしているんだろ」

「……何のことか判らない」

「パクってもいいんだぞ。ま、五年は彼女とアルテリーベには来られないだろう」

あきらかに宮坂の動揺が見える。

「話してくれればそっちの件は見逃してやる」

「ホントか」

宮坂はすがるように大下を見た。

「池永はどこにいる」

「三週間前に入院した。もう長くはないはずだ」

「！」

「一年前から余命を宣告されていたんで、遺書や遺産の管理を池永さんから頼まれてる」

「どこの病院だ！」

大下は立ち上がった。


意識がときどき飛んでいることに鷹山は気づいた。

血液が減っているからだ。

「近藤課長を出してくれ」

海老沢の声に意識が戻った。

鷹山が虚ろな目で見ると、海老沢が無線のマイクを握っていた。

「近藤だ」

「すぐ本牧ふ頭のコンテナヤードに来い。十五分もあれば来られるはずだ」

「課長、来ないでください！」

と言ったつもりだが、鷹山の声は出ていなかった。


大下は蒔田《まいた》にある私立の総合病院に駆け込んでいた。

驚いて患者や病院スタッフが大下を見たが、構わずに階段を駆けあがり、七階の特別室へと向かった。エレベーターを待つ時間を考えれば、大下の足で階段を駆け上がったほうが速いのだ。


町田、吉井、田中、吉田、谷村、瞳、そして少年課の松村と鈴江たちが、厳しい表情で無線室から出てきた近藤を見つめていた。

唯一、薫だけがどこか上の空で卓上計算機に何かを打っている。

近藤は鷹山のデスクに向かうと、そこに置かれていた鷹山の拳銃、Ｓ＆ＷＭ５８６を掴んだ。

総合病院の七階フロアに駆け込んできた大下は、ナースステーションにいたナースに、

「弁護士ですが、池永さんの病室は」

と、尋ねた。

「お待ちしていました。どうぞ！」

ナースが大下を促して足早に廊下の奥に向かった。

奥の病室から数人のナースや医師が厳しい表情で出入りしているのを見た大下は、事態が最悪の方向に動いていることを感じざるを得なかった。

「おまえたちは鷹山を助けることを第一に考えろ。いいな」

港署の駐車場に集まった捜査課の刑事たちに向かって近藤が言った。

「行こう」

近藤は町田とともに覆面パトカーに乗り込み、吉井、田中、吉田、谷村も二台の覆面パトカーに乗り込んで、港署を走り出た。


ナースの案内で特別室に入った大下は愕然として立ちつくした。

池永多一郎は躰中にいろいろな機器を取りつけられ、ベッドに横たわっていた。

院長らしき医師の他、数人の医師がついていることを見ても、池永がいかにＶＩＰかということが判る。

「弁護士さんがいらっしゃいました」

大下を連れてきたナースが医師に声をかけた。

院長が頷き、腕時計を見た。

「午後八時三十五分。ご臨終です」

大下は躰から力が抜けていくのを感じた。

唯一、海老沢を止めることが出来る池永が死んでしまったのである。池永多一郎は自殺した息子のために自分の財産を注《つ》ぎ込み、復讐を果たそうとしたのだ。

「本牧ふ頭に行かないと！」

落胆した表情で病院の駐車場に戻ってきた大下に、覆面パトカーの中から真紀が声を上げた。

「海老沢が近藤課長を呼びだしたの！」

「⁉」

大下は運転席に駆け込み、覆面パトカーのエンジンをかけた。

「署からの無線でそう言ってたわ。大下さんに至急知らせてほしいって」

「判った！」

大下は覆面パトカーを急ダッシュさせた。


吉井、田中、吉田、谷村は本牧ふ頭から離れた場所に車を停め、小走りに埠頭に入った。

コンテナの陰から覗くと、埠頭の真ん中に鷹山の港３０３が停められている。そして、車に躰を隠すように、港側に海老沢が立っていた。

「ここから狙えないか」

田中が小声で言った。

「拳銃じゃ無理だ」

吉井が答えた。

「あっちゃ〜」

田中が大げさに肩を竦めたとき、埠頭に町田の運転する覆面パトカーが走り込んできた。

海老沢はそれを凝視した。

約五十メートルの距離を取って、町田の運転する覆面パトカーが停まった。

そして、助手席から近藤が降り立ったのである。

「海老沢だな」

近藤が声を荒らげて言った。

その声に覆面車のバックシートの鷹山が顔をあげた。

「！」

鷹山の目に近藤の姿が飛び込んだ。

「おまえを殺人容疑で逮捕する」

近藤が言った。

「そこじゃ手錠を打てないだろう。もっとこっちへ来いよ、近藤さん」

鷹山は焦った。

海老沢はM29の射程距離まで近藤を近づけて撃ち殺す気なのだ。

後ろ手にハンドカフで拘束されている鷹山は動きようがない。が、それでも手を動かしていると、上着のポケットに何かが入っていることに気づいた。手のひらの感覚からロウマッチであることが判る。

「!!」

赤松の店の裏手で煙草に火をつけようとしたが、店内の銃声でポケットに戻したロウマッチが入ったままなのだ。

鷹山は後ろ手で上着を引っ張ってポケットを近づけ、中に手を入れて一本のロウマッチを摘《つま》みだした。

近藤が海老沢を睨みつけたままゆっくりと歩きだした。

覆面パトカーの運転席にいる町田は、緊張した表情で海老沢の動きを見つめている。

ハンドルを握る手が汗ばみ、アクセルペダルの上に置いている右足が小刻みに震えた。近づいてくる近藤を見つめる海老沢の左手が覆面パトカーに立てかけているＡＲ－７に伸びた。

その車のバックシートにいる鷹山が必死に脚を曲げ、摘みだしたロウマッチを革靴の底で擦った。

ロウマッチが燃えあがる！

鷹山はその火をハンドカフに押しつけた。ビニール製のハンドカフはロウマッチの火で溶けていく。

鷹山はハンドカフを引きちぎり、足に巻かれたガムテープを剥ぎ取った。

海老沢は左手でＡＲ－７を構え、右手人さし指をトリガーに添えた。

狙いは近藤である。

この距離ならM29よりＡＲ－７のほうが確実に当てることが出来るのだ。

それを見た近藤が立ち止まったのと、海老沢がＡＲ－７を撃ったのは同時であった。

胸を撃たれた近藤がよろける。

「課長！」

それを見た吉井たちが愕然とした。

ＡＲ－７の銃声と同時に町田が覆面パトカーを急発進させ、鷹山は前のシートを押し倒して港３０３を飛びだした。

「⁉」

鷹山を見た海老沢がＭ29を引き抜いたと同時に、鷹山が海老沢に殴りかかった。倒れた海老沢の手からＭ29を蹴りあげたところで脇腹の痛みに耐えかね、その場に膝をついた。

近藤を海老沢から守るように覆面車を停めた町田が飛びだして近藤に駆け寄る。

「課長！」

だが、近藤は自ら起きあがり、持ってきた鷹山の拳銃を引き抜いたのである。

「……かっちょいい！」

思わず町田が叫んだ。

海老沢はゴルフバッグの中から赤松のコルト・ガバメントを取りだした。

「鷹山！」

近藤が鷹山に向けてＭ５８６を投げた。

鷹山が近藤の投げた拳銃を受け取ったとき、猛スピードで走り込んできた覆面パトカーから

拳銃を構えた大下が飛びだした。

海老沢はガバメントを鷹山に向ける。

「銃を捨てろ！」

銃口を海老沢に向けた大下が叫んだ。

「タカを撃ったら、俺がおまえを射殺する」

それを聞きながら海老沢はガバメントを構えたまま、ゆっくりと移動していく。

鷹山と大下が縦位置で狙えるような場所に移動したのだ。

「ここからならおまえたち二人を撃ち殺せる」

ガバメントは四十五口径なので威力がある。二人の位置が多少でも重なれば一発で二人を狙うことも可能だ。まず一撃したあと、ひとりひとり撃ち殺せばいいのだ。

しまった、と鷹山と大下は思ったがもう遅い。

海老沢がトリガーを絞ろうとした瞬間、銃声が響いて肩を撃たれた海老沢が後方によろけた。

鷹山のボディーガードを構えた近藤が立っていたのだ。

「さすが課長」

大下が呟いた。

「俺たちよりあぶないぜ」

鷹山も言った。

よろけながら海老沢が近藤に向けてガバメントを撃った。

しかし肩を撃たれたために銃をホールド出来ず、弾丸は近藤の顔を掠めて飛んでいった。

なおも海老沢は近づいてくる鷹山と大下にガバメントを向けた。

近藤とは違い、鷹山と大下の距離なら確実にヒットする。

が、海老沢の顔が強張り、その顔から血の気が引いていった。

海老沢が左手で構えているコルト・ガバメントのスライドが開いたままなのである。そして排莢口に空薬莢が引っかかっていた。

オートマチック拳銃でよく起こるトラブルで、〝ジャムる〟と呼ばれている。

それに気づいた鷹山が銃を構えた。

海老沢は必死にスライドを動かし、引っかかった薬莢を外そうとした。排莢さえ出来れば次の弾丸が撃てるのだ。

が、二発の銃声にその手が止まった。

鷹山と大下がトリガーを引いたのである。

被弾した海老沢は後方に倒れ、ガバメントがその手から離れて転がったとき、排莢口に引っかかっていた薬莢が外れ落ち、スライドが戻って次の弾丸をセットした。

海老沢はそれを見たが、もう手を伸ばす力はなくなっていた。

「だから……オートマチックは使わなかったんだ……」

近づいてきた鷹山と大下に海老沢が呟いた。

「同情なんかするな……この仕事をしていれば……いずれ、こうなる……」

「おまえの依頼主は死んだ」

大下が言った。

「……そうか」

苦しげに呟き、続けた。

「最後の相手が、おまえたちで……楽しかった……」

そこまで言って、海老沢はゆっくりと目を閉じた。

そして、もう二度と開く気配はなかった。

「無事でよかった」

駆け寄った近藤が鷹山の肩を叩いたと同時に、鷹山が膝をついて倒れ込んだ。

「大丈夫か、鷹山！」

近藤が覗き込んだ。

「課長こそ大丈夫ですか……海老沢にライフルで撃たれたでしょ……」

鷹山は自分のことより近藤のことを心配していたのだ。

近藤はフッと笑ってシャツのボタンを外して見せた。

その中に防弾チョッキを装着していたのである。

「……さすが」

そう言って鷹山は目を瞑《つぶ》った。

「パパ、救急車！」

駆けてきた吉井たちに大下が言った。

「鷹山が死んだのか！」

田中が倒れている鷹山の顔を覗き込んだ。

「そんな訳ないだろ」

倒れたまま鷹山が笑った――。

12

近藤の退職の日がやってきた。

本当なら静かに近藤を送るはずだったのだが、朝から慌ただしいったらないのである。

海老沢の事件の後始末に刑事たちや鑑識は奔走しているし、近藤の退職を惜しむひとたちがひっきりなしに挨拶にやってきていた。

「近藤課長は人気者ねえ。大変だわ」

少年課から松村が言った。

「課長のときは心配ないと思いますよ」

薫がボソッと言った。

「何か言った？　薫君」

「いえ、ちょっと口が滑っただけです」

「タカさん！」

松村がデスクから立ちあがった。

松葉杖をついた鷹山がやってきたからである。

「大丈夫なの！」

「昨日たっぷり輸血してもらったんで大丈夫です」

と笑い、薫に、

「課長の送別会は六時からでいいのか？」

「えっ……アー、何のことだろう……」

「おまえが送別会仕切ってんだろ、会費一万で」

留置場からやってきた大下が、

「大丈夫かよ、タカ」

「俺は大丈夫なんだけど、薫がさ」

「薫がどうしたの？」

「六時開始で居酒屋三日月座だって言ってましたよね、薫さん」

瞳も近づいてきた。

「あー、なんか、今日、急に都合悪くなったみたいで……」

「え、何。その曖昧《あいまい》な返事は。誰が都合悪いって」

大下も薫に迫った。

「キャンセル……」

鷹山と大下に問い詰められた薫がそう言った。

「しちゃったァ！」

明るくおどけてみせた。

「何でキャンセルしたんだ、おまえは！」

大下が信じられない、といった表情で言った。

「だってさ、課長危なかったじゃない。海老沢は凄いプロの殺し屋だしさ」

「課長が殺されると思ってキャンセルした訳か」

鷹山は呆れ顔だ。

「当日キャンセルだと全額払わなきゃいけないんだって。前日なら五〇パー、半額でいいんだから」

「なんてヤツだおまえは」

大下は深い溜息をついた。

「ハイハイ、みなさんに五千円バックしますからね、みんな取って」

と、薫はデスクの引きだしから五千円札の束を取りだして鷹山のデスクに置いた。

しかたなく鷹山と大下は一枚ずつ取った。

「真紀の件だが」

鷹山が大下に言った。

「俺もそれを考えてたんだ」

大下も答えた。

留置場の扉が開けられ、真紀が中から出た。

「釈放だ」

鷹山の言葉に真紀は怪訝そうに見た。

「君は海老沢の恋人で、彼が殺し屋だってことは知らなかった」

「……え」

「そうだよな」

大下も言った。

「池永の捜査にも協力してくれたし、釈放するよ」

「優しいのね……」

真紀は鷹山を見た。

「みんなにそうなの？」

少しの間、鷹山は真紀を見つめ、そして無言で真紀とともに歩きだした。

「おまえにだけさ」

鷹山は心の中でそう言っていた。

真紀もそれは判っていた。

「いつもいいとこだけ持ってくな、タカは」

二人を見送り、大下は苦笑いした。


結局、近藤の送別会は大桟橋通りのアメリカン・レストラン『デリカート』でやることになった。

店のママが快く貸し切りにしてくれたのである。

捜査課、少年課、交通課、そして鑑識課まで加わって四十人を超える参加者となった。

「自分たちが二代目の『あぶない刑事』だとは思いませんでしたよ」

大下が言った。

「初代が課長だってことが今回の事件でよく判りました」

宴も進んでみな近藤に感謝の言葉を言い、近藤も優しくそれに返して言った。

「みんな、部下でいてくれてありがとう。誇りに思うことは、ひとりの殉職者も出さなかったことだ」

瞳から花束を受け取った近藤が言った。

「最後に一言」

近藤がマイクを摑んだとき、

「ちょっと待ってください課長」

松村が割り込んだ。

「今日の会費ですが、五千円ずついただきましたが、帰りにお返ししますのでヨロシク」

「えっ、何で？」

と、いう声がところどころであがった。

「じつはウチの薫君が居酒屋をキャンセルしたとき、手数料は五〇パーセント取られると言ったのが間違いだったのです。つまり、キャンセル料は発生しなかったのです」

みんながざわついた。

「ガメようとしたのか、薫！」

大下が睨みつけた。

「違うって、単純なミステイクよ、ミステイク」

「じゃ、近藤課長にマイクをお返しします」

松村が近藤にマイクを渡した。

「では最後に一言」

近藤は一息入れて一同を見回し、マイクに向かって怒鳴った。

「大馬鹿者!!」


会がお開きになり、鷹山、大下たち一同は『デリカート』から大桟橋通りに出てきた。横浜の夜は爽やかな海風が吹いている。

誰もが近藤に別れの言葉を言いたいが、誰もそれを言うことは出来なかった。

近藤卓造がいたからこそ、港署捜査課は存在し得たのである。つまり、港署捜査課が近藤卓造そのものだったのだ。

「車で送りましょうか、近藤課長」

松村が声をかけた。

近藤はただ微笑んだだけで首を振り、贈られた花束を持ち、横浜公園へと歩きだした。

鷹山、大下たちは誰ひとり去ることはなく、近藤の後ろ姿を見つめていた。

近藤はナイトゲームが行われている横浜スタジアム脇から関内駅に向かい、鷹山、大下たちの視界から消えていった。

スタジアムから聞こえる観客の歓声までが、近藤を祝福しているように思えた——。


（終）

注　革靴の裏などザラザラとした部分に擦りつけて発火させるマッチ。漢字では「蠟燐寸」と表記。

この物語はフィクションであり、登場する人物名、団体名は実在のものとは関係ありません。
また、今日では不適切と思われる表現がありますが、作品のリアリティを重視して物語設定時の表現を踏襲しております。

あぶない刑事《デカ》1990《イチキュウキュウゼロ》

2024年3月29日　第1刷発行
2024年7月　2日　第3刷発行

著　者／柏原《かしわばら》寛《ひろ》司《し》

発行者／森田浩章

発行所／株式会社　講談社
〒112-8001 東京都文京区音羽2-12-21
電話　編集　03-5395-3474
販売　03-5395-3608
業務　03-5395-3615
（落丁本・乱丁本はこちらへ）

印刷所／TOPPANクロレ株式会社

製本所／株式会社国宝社

装丁・デザイン／門田耕侍

協　力／市来満

KODANSHA

Printed in Japan ISBN 978-4-06-529456-7
N.D.C.913 232p 19cm